파롤

*La parole*

by Georges Gusdorf

Copyright ⓒ Presses Universitaires de France / Humensis, La parole. 2013
Korean Translation Copyright ⓒ b Books, 2021

Published by arrangement with Humensis through Guy Hong Agency. All rights
reserved.

파롤

초판 1쇄 발행  2021년 12월 14일

지은이  조르주 귀스도르프 | 옮긴이  이윤일 | 펴낸이  조기조
펴낸곳  도서출판 b | 등록  2003년 2월 24일(제2006-000054호)
주소  08772 서울특별시 관악구 난곡로 288 남진빌딩 302호
전화  02-6293-7070(대) | 팩시밀리  02-6293-8080
홈페이지  b-book.co.kr | 이메일  bbooks@naver.com

ISBN 979-11-89898-65-6  93700
값 14,000원

# 파롤

*La parole*

조르주 귀스도르프 지음

이윤일 옮김

도서출판 b

| 일러두기 |

1. 이 책은 Georges Gusdorf의 *LA parole*(2013)을 옮긴 것이다.
2. 인명과 지명은 외래어 표기법에 근거하여 표기하는 것을 원칙으로 했다.
3. 번역어의 뜻을 전달하기 위해 필요한 경우 한자와 원문을 병기했다.

| 차 례 |

# 1장 정의

언어*language*는 일단의 해부학적이고 생리학적인 기관들의 작업과 연결되어 있는 하나의 심리 작용이다. 이것은 복잡한 전체적인 사용으로 체계화되기 위해 지적 조립에 이르는데, 이는 동물들 중에서도 오직 인간만이 갖춘 특성이다.

랑그*langue*는 어느 인간 사회에서 특유하게 발설되는 표현의 체계이다. 언어 사용은 결국 일종의 퇴적된 저장고를 만들어내는데, 이 저장고는 어휘와 문법을 재료로 해서 제도의 의미를 정하고 개인적인 말하기에 부과된다.

파롤*parole*은 표현 속에서 나타나는바, 있는 그대로의 인간적 현실을 가리킨다. 그것은 심리적 작용도 아니고, 사회적 현실도 아닌, 한 개인의 주장affirmation, 정신적이고moral 형이상학적인métaphysique 차원에서의 주장이다.

언어와 랑그는 추상적인 자료로서 파롤의 가능 조건들인데, 이는 언어와 랑그를 하나의 행위로 이행시키기 위해 가정해 놓은 것으로, 이 조건들이 언어와 랑그를 구체화한다. 오직 말하는 인간만이 존재한다. 다시 말해서 언어를 쓸 수 있는 인간, 그리고 한 랑그의 지평 안에 위치하는 인간만이 존재한다. 그러므로, 사회적 의미 부여에 의해 낱말mot로 양식화되는 단순한 구음son vocal에서부터, 개인적 의미valeur의 매체인 특수한 의도를 담고 있는 실제 인간의 파롤까지, 의미 작용signification 정도의 위계가 있다.

## 2장 인간 세계로 넘어가는 문턱으로서의 파롤

『달랑베르의 꿈』에 이어 실린 대담에서 디드로가 등장시킨 한 작중 인물이 다음과 같이 말을 꺼낸다. "왕실 정원 유리 온실 안에 한 오랑우탄이 있는데, 마치 광야에서 설교하는 성 요한처럼 보인다." 폴리냑 추기경이 어느 날 그 짐승을 찬양하면서 이렇게 말했을 것 같다. "말하라, 그러면 내가 그대에게 세례를 주겠노라 …" 신앙심 없는 문필가가 덧붙여 놓은 이 재기 넘치는 성직자의 말은 확실히 작가 자신과 시대의 증인mémorialiste이 생각했던 것보다 훨씬 더 많은 것을 전달한다. 그것은 스스로 매우 뛰어나다고 믿는 인간, 그리고 성사 덕분에 자기의 존엄을 더욱 증진시킬 수 있다고 생각하는 인간과 그렇지 않은 동물 사이의 근소한 차이를 밝히는 문제였다. 디드로는 여기서, 앞으로 어떤 다윈주의자들이 진화론에서 끌어내게 될 논증으로서, 인간의 각별한 존엄성이라는 자만에 반대하는, 아직은 설익은avant la lettre 논증을 보여주고 있다. 짐승에서부터 인간에게까지, 단절은 미미하다. 사실 동물에게는 말만 없을 뿐이다.

물론 그렇다. 오랑우탄은 그저 추기경에게 응답하지 못했을 뿐이다. 오랑우탄은 동물로부터 인간으로 가는 문턱을 결정적으로 넘게 해줄 관건인 말maître-mot을 내뱉지 못했다. 언어는 인간 세계로 들어가기 위한 필요충분조건이다. 옛날의 한 일화는 폭풍우로 인해 난파당해 미지의 해안가에 떠밀려온 한 철학자에 대해 언급한다. 해변의 모래 위에서 그 철학자는 어떤 산책자가 그려놓은 기하학 도형들을 알아본다. 그래서 그는 동료들에게 몸을 돌리고는 말한다. "여보게들, 우린 안전해. 여기 사람의 흔적이 보이네." 다양한 방언들을 넘어 모든 인간들을 의사소통하게 해주는 탁월한 언어인 수학 문자는 지상에서의 인간의 정주를 보여주는 최고의 증거이다. 짐승들은 우화 속에서나 말할 뿐이다. 이 때문에 인간은 말을 하게 된 이래 동물들을 길들일 수 있었던 반면, 동물들은 더 이상 인간을 길들이는 데 성공하지 못했던 것이다.

인간은 말하는 동물이다. 이 정의는 다른 무엇보다도 아마도 가장 결정적인 정의일 것이다. 이 정의는 웃음이나 사회성에 의한 전통적인 정의를 포괄하고 흡수한다. 왜냐하면 인간의 웃음은 어떤 언어를 자기에게서 자신에게로, 자기에게서 타자에게로 내보이는 것이기 때문이다. 마찬가지로 인간이 사회적 동물로 존재하는 한, 인간이 정치적 동물이라고 말하는 것은 인간관계가 언어에 근거하고 있다는 것을 의미한다. 파롤은 이 관계들을 용이하게 하기 위해 생겨난 것이 아니다. 파롤은 그 관계들로 이루어져 있다. 담론의 세계는 물질적 환경을 감추고 변형시켰다.

그러나 언어가 인간 세계로 들어가기 위한 암호mot de passe를 제공한다고 말하는 것은 문제를 제기하는 것이지 문제를 해결하는 것이 아니다. 사실 인간에게 있어 언어의 출현보다 더 역설적인 것은 없다. 해부학, 생리학은 여기서 단편적이고 불충분한 해명만 해줄 뿐이다. 우리들의 행성과는 낯선 공간에 있는 학자가 인간과 고등 원숭이의 유해를 조사해 분류해보았을 때, 아마도 그 학자는 그 기관이 그처럼 유사하게 보이는 인간과 침팬지 사이에 이런 중요한 차이가 있다는 것을 판별하시 못했을 것이다. 그 학자가 다른 방법으로도 그 차이를 알지 못했다면, 그는 언어의 기능이 인간에게는 있으나 큰 원숭이에게는 없다는 점을 발견하지 못했을 것이다.

파롤은 여기 또는 저기라고 그 위치를 지정해줄 수 있는 고유하고 독점적인 기관이 없이 하나의 기능으로서 나타난다. 얼마간의 해부학적인 배열이 그것에 공헌하겠지만, 그러나 그 기능은 유기체 조직을 가로질러 분산되어 있고, 그 배열을 뒤섞지 않은 채 그 배열과 서로 겹쳐져 일어나는, 한 활동의 독특한 수행을 위해 함께 연결되어 있다. 우리들은 어떤 뇌 조직 덕분뿐만 아니라 전적으로 허파, 혀, 입 그리고 청각 기관의 도움을 받아— 선천적인 청각 장애자는 어쩔 수 없이 언어 장애자가 되기 때문이다— 성대를 가지고 말한다. 그런 데 파롤의 이 모든 구성 요소들은 고등 원숭이에게도 있다. 하지만 이 원숭이가 소리를 내는 데 성공한다 해도, 이 원숭이 는 여전히 언어 능력을 갖고 있지 못하는 것이다.

　여기서 수수께끼는 자연적인 능력의 회복에 관한 것, 즉 고등하고 본래 초자연적인 차원 속에 그 원숭이들을 되돌려 위치시킬 수 있느냐 하는 것이다. 실제로는 그렇지 않겠지만, 만일 침팬지에게 언어 능력이 있다면, 그것은 본질적으로 지적이고 정신적인 기능인 파롤의 기능인 것이지 기관의 기능이 아닌 것이다. 학자들은 가능한 한 이 수수께끼를 밝혀보려 고 인간과 동물을 나누어 놓고 여러 가지 다양한 실험을 했다. 검사에 응하게 하였다. 그뿐만 아니라, 이들은 다양한 기능의 발달을 세부적으로 추적하기 위해 새끼 원숭이와 어린아이를 나란히 같은 조건에서 양육하기까지 했다. 외견상 출발점은 같다. 인간 어린이와 새끼 침팬지는 점차적으로 또렷해져 가는 그들 세계 안에 자리 잡기 위해 유사한 자원들을 사용한다. 9개월에서 18개월까지는, 두 비교 집단 사이에 우열은 없다. 그들은 둘 다 상황에 따라 저마다의 우수성을 보여주면서 같은 시험에 다양한 성공의 반응을 보인다. 물론 새끼 원숭이가 훨씬 더 기민하다. 어린아이는 상대적으로 더 잘 주의에 집중할 수 있다.

그러나 원숭이의 발달이 정지되는 순간이 아주 빨리 오는 반면, 어린아이의 발달은 새롭게 비약한다. 이제 비교는 그 의미를 상실한다. 원숭이는 결국 하나의 동물일 뿐이다. 어린아이는 인간적 현실에 도달한다. 마침내 절대적인 면에서 이들의 차이를 결정짓는 한계는 언어라는 문턱이다. 침팬지는 어떤 소리를 내뱉을 수 있고, 기쁨이나 고통의 소리를 지른다. 그러나 이 발성 행위는 침팬지에게 있어 감정과 결합된 채로 머물러 있다. 침팬지는 그 발성 행위가 발생하는 상황과 독립적으로 그것을 사용할 술을 모른다. 아주 공들인 조련도 보잘 것없는 결과에 이를 뿐이다. 그것은 앵무새의 기계적인 반복 소리이거나, 개가 명령에 따라 짖는 것처럼 임의의 신호에 자동적으로 반응하는, 동물을 훈련시켜 만들어낸 조건반사이다.

　반면에 인간 어린이는 생신된 세계에서 그를 새로운 존재로 만들어줄 느린 교육에 진입한다. 수년에 걸친 이 학습은, 그렇게 연합된 기본적인 의미의 가능성을 무한히 뛰어넘는 그런 새로운 기능을 위해서, 말소리와 청각의 연합에 기초한다. 인간의 지능은 더 고등한 목적을 확인해감으로써, 그 지능이 통합한 감각 운동 기관의 구조를 헤치고 나아간다. 우리들은 이 출현을 인정하고 그것이 동물에게는 실현되지 않는다는 것을 받아들이지 않으면 안 된다. 동물의 목소리는 청각과 연합하기 위해서 결코 체험되는 전체성에서 해방되지 않는 것이다. 이 분리와 결합은 인류에게 본래적인 인간적 자질에 의해서가 아니고는 우리에게 해명되지 않는 것인데, 이 자질은 파롤이라는 새로운 기능에게 점진적으로 이론의 여지가 없는 행동 상의 우월성을 부여한다. 바로 여기야말로 일련의 생명 계열에서 결정적인 변이로 인해 인간과 동물을 가르는 구획선으로 자리 잡지 않을 수 없는 것이다.

　말mot의 출현은 인간의 주권을 드러내는 것이다. 인간은 세계와 자기 사이에 말이라는 그물을 설치하고, 그것에 의해서 세계의 주인이 된다.

동물은 **기호**_signe_를 알지 못한다. **신호**_signal_만 알 뿐이다. 말하자면 세부적으로 분석되어 있지 않은 채, 다만 전체적인 형태 속에서 식별되는 한 상황에 대한 조건반사만 알 뿐이다. 동물의 행동은 자기의 욕구, 깨어있는 충동_tendances en éveil_과 접착되어 있는 구체적인 현재에 적응하는 것을 목표로 한다. 동물에게 독특한 암호_chiffre_, 유일한 이해 가능성의 요소들은 동물이 지배하지 못하고 참여하고 있을 뿐인 하나의 사건에 의해 제공된다. 인간의 말은 하나의 추상적인 상황처럼 작용한다. 그것은 상황을 분해하는 것과 반복하는 것을 허용한다. 다시 말해 거리_distance_와 결핍이라는 안전 속에 자리 잡기 위해서 현실의 제약에서 벗어나게 해준다.

따라서 동물의 세계는, 살아 있는 동안 생물학적인 욕구와의 관련에 의해서만 정의되는, 항상 현재이면서 항상 소멸하는 상황의 연속으로 나타난다. 이에 반해 인간의 세계는 대상들의 집합으로, 다시 말해 현실의 안정적 요소들의 집합으로 나타나는데, 이 대상들은 그것들이 작용할 수 있는 특수한 상황 맥락과는 독립적으로 있는 것이다. 가장 무의식적인 의식에서 보이는 본능적이고 순간적인 현실을 넘어서, 현상보다 더 안정적이고 더 참된 관념상의 현실이 구성된다. 대상은 욕망에 흔들리지 않는 대상이 되고, 상황에 종속되어 있는 대신에,

상황의 중심이 된다. 말이 사물보다 더 중요하다. 말은 보다 탁월한 하나의 실존existence으로 존재한다. 인간의 세계는 더이상 감각과 반응의 세계가 아니라, 지시désignation와 관념의 세계이다.

단순한 동물적 환경을 넘어 인간적 현실로 들어서면서 이 말의 발견 앞에서 경탄하는 것이 중요하다. 이름의 효력은, 이름이 사물에 동일성을 부여한다는 사실에서 명확히 드러난다. 언어는 사물의 해명을 통해 사고의 명료화를 허용하는 인간 능력 자체에 응축되어 있다. 정신의 구조가 혼란에서 벗어나 명료해진다. 그 후로 가장 효과적인 행동, 시간 거리를 둔 행동과 그 거리의 부정이 실현되는 것은 바로 이런 차원에서이다.

사회 조직 안에서 언어적 질병으로 현실화된 반례反例만큼 언어의 특권을 잘 밝혀주는 것은 아무것도 없다. 파롤 구조의 손상으로 생긴 실어증은 그저 올바른 지시를 할 수 없는 일정 낱말을 결여한 것이 아니다. 오랫동안 본질적인 것처럼 생각되어 온 그 장애는 사실상 이차적인 것일 뿐이다. 그 환자는 언어 기능이 망가진 사람이다. 다시 말해, 현존의 모든 지적인 분절이 그에게는 와해되어 가고 있는 중인 것이다. 실어증 환자는 대상의 통일성과 동일성의 감각을 잃는다. 일관성

없는 깨진 세계에서, 그는 구체적인 상황에 사로잡혀, 식물 상태처럼 처해 있다. 따라서 엄밀하게 말해서 거기에는 언어의 질병이 있는 것이 아니라, 인격성의 장애가 있는 것이다. 이 환자는 인간적 현실에 적응하지 못하고 있고, 파롤의 출현이 들어가게 해주었던 이 세계를 잃은 것처럼 존재한다. 같은 분류 아래 동일한 대상이나 성질을 묶는 용어들은 더 이상 그 규제적 기능을 발휘하지 못하게 된다. 언어가 내주었던 이 모든 것을 실어증은 도로 회수한다. 이 무참한 인격적 삶의 파괴는 한 개인의 삶을 인간 사회에 들어오지 못하게 만든다.

엄밀하게 말해서, 언어는 세계를 창조하지 않는다. 객관적으로 세계는 이미 거기에 있다. 그럼에도 불구하고 언어의 힘은 지리멸렬한 감각으로부터 인간에게 알맞은 세계를 구성하는 데 있다. 그리고 세계로 들어온 각 개인은, 처음 생겨났을 때부터 인류의 이 작품을 자신을 위해서 다시 인수하는 것이다. 태어난다는 것, 그것은 말을 해간다*prendre la parole*는 것이고, 경험을 담론의 세계로 변용시키는 것이다. 마르크스로 인해 유명해진 격언인 포이어바흐의 테제 11번에 따르면, "철학자들은 그저 세계를 여러 가지 식으로 해석했을 뿐이다. 세계를 변혁하는 것이 중요하다." 그런 관점에서 우리는 언어의 출현이 철학 이상의 것이었다고, 단순한 전사transcription 이상의 것이었다고 말할 수도 있을 것이다. 그것은 실존 조건의 전복을, 인간의 정주를 위한 환경의 개조를 의미하였다. 말mot의 효력은 객관적인 표기notation가 아니라 **의미의 지표**index de valeur라는 사실에 신세 지고 있다. 아주 시시한 이름이 그것의 문맥에서 대상을 고립시켜 보여줌으로써, 자기의 작용을 그 이름이 명명하는 대상에 제한하지 않는다. 그런 이름은 그것의 환경에 따라 그 대상을 결정한다. 그것은 현실을 구체화하고 cristallise, 사람의 태도에 따라 현실을 응축한다. 그것은 총괄적인 목적에 따라서 암묵적인 선택을 수행한다. 다시 말해서, 각각의 말은 **상황의 말**mot de la situation이고, 나의 결정에 따라 세계 상태를 요약하는 말이다. 물론 기존 언어의 객관성은 일반적으로 개인적인 의미를 은폐하지만, 그럼에도 불구하고 실제의 말은 나의 말로 있는 것보다 훨씬 못한 것이다. 말은 세계의 투기projet를, 투기 중인 세계를 의미한다. 따라서 언어의 가치valeur는 결국 세계의 가치와 구별되지 않는다. 파롤은 관념을 풍부하게 할 뿐만 아니라, 태어났을 때부터 개인의 모든 목표, 의도, 욕망, 규범을 재발견하고 수용한다. 의식은 고립적으로 머물러 있는 한 무능한 것인데, 이 의식은 세계를 인간에게 드러내면서, 인간을 세계에 개시하면서, 세계를 향해 개화하고, 세계의 모습으로 개화한다. 다시 말해서 언어는 자기의식에로 옮겨진 ─ 초월성에 이르는 통로─인간 존재이다.

따라서 언어의 발명은 위대한 발명 중 제1의 것이고, 잠재적으로 다른 모든 것을 포함하는 것이다. 그것은 아마도 불을 길들인 것이 센세이셔널했던 것 못지않게 아주 결정적인 것이었을 것이다. 언어는 모든 기술들 중에서 가장 독창적인 것으로 나타난다. 언어는 사물과 인간 존재를 조작하기 위한 하나의 경제적인 생활 규범이다. 파롤은 종종 현실을 포착하는 일에 있어서 도구나 무기가 하는 것보다 훨씬 더 많이 그리고 더 잘 수행한다. 왜냐하면 파롤은 세계의 구조이기 때문이다. 파롤은 그것이 자연 세계에 생기게 했던 새로운 힘에 걸맞게, 인간적인 초현실surréalité humaine이 되는 덕분에 자연 세계의 재교육에 나선다. 최초의 시인인 오르페우스는 자기 목소리에 복종했던 짐승, 식물, 돌들을 주술로 노래하였다. 여기서 신화는 우리들에게 그 권위를 우주에 부과하는 인간 파롤의 의미를 재현한다.

# 3장 파롤과 신들: 언어의 신학

파롤의 힘이 그처럼 결정적인 것으로 밝혀진다면, 그것은 인간 가능성을 초월하는 인격으로 나타난다는 점도 인정해야 할 것이다. 그리스 신화의 박애주의적인 신들은 인류에게 곡물, 올리브나무, 포도나무를 주었다. 마찬가지로 언어라는 선물도 신적인 기원을 가지지 않으면 안 된다. 더구나 최초의 파롤은 그 초월적인 효력에 있어서 인간성의 확립과 밀접하게 연결되어 있다. 최초의 파롤은 바로 인간이 되기 위한 인간 자신의 소명*vocation*이다. 최초의 파롤은 인간적 질서를 창조하는 말인 신의 말씀이어야 했다. 은총의 말씀, 존재의 호소, 존재에 호소함인 최초의 말은 따라서 실존*existence*을 포함하고,

실존을 일으키는 본질이다.

이 충만한 원형의 파롤은 가장 저급한 단계에서부터 가장 고급의 형태에 이르기까지 보편적으로 의식에 부과된다. 도처에서 신적인 말씀의 지상권이 긍정되고, 뒤이어 인간에게 아직은 전부 초월적인 의미로 감싸인 채로 그 말씀이 전달된다. 최초의 언어는 본질적인 언어이다. 그 언어는 마법적이고 종교적인 가치를 띤다. 명명 행위이자 동시에 신의 창조적 행위를 재확인하는 것이 인간에게 가능한 덕분에, 그리고 그것이 행사하는 힘들을 자기에게 유리하게 모으는 것이 가능한 덕분에, 그 언어는 단순히 지시désignation가 아니라 하나의 각별한 현실이다.

원시인들에게 있어 이름의 의미는 사물의 존재 자체와 연결되어 있다. 말은 다소 임의적으로 붙여진 이름표처럼 작용하지 않는다. 그것은 본래 그것의 가장 내밀한 본성상 사물 자체의 폭로이다. 이름을 아는 것은 사물을 지배하는 힘을 가지는 것이다. 예를 들어, 인도네시아의 어떤 원시 부족은 전적으로 질병과 치유의 이름에 기초한 치료 체계를 가지고 있다. 이 사람들은 건강이나 치유를 환기시키는 이름을 가진 식물들과 물질들을 사용하고, 질병을 생각나게 하는 이름을 가진 것들은 피할 것이다. 프랑스에서 사람들이 눈oeil병을 치료하기 위해

(눈을 연상시키는 낱말인) 패랭이꽃oeillet을 사용하거나 체중 poids을 늘리기를 원하는 환자들에게 완두콩pois을 이용했던 것처럼 말이다…. 동음이의어 말 맞히기 놀이calembour는 하나의 기술이 된다. 왜냐하면 말놀이는 존재 자체의 차원에서의 조작을 보여주기 때문이다. 똑같은 관점에서 사람들은 엄격한 건강관리를 위해 이름의 예방이 필요하다고 생각한다. 이방인과 적 앞에서 사물과 사람에 대한 존재론적 확인을 못 하게 하는 것이 중요하다. 진짜 이름은 숨겨질 것이다. 왜냐하면 그것은 한 생명에 접근하기 위한 암호로서, 보호되지 않으면 적대적인 공격에 노출될 것이기 때문이다. 신들 자신도 자기들의 이름으로 자기들에게 기도하는 사람들의 힘에 예속되어 있다. 하나의 분별없는 말의 단순한 사용도 재앙을 일으키는 결과로 이끌 수 있다. 따라서 인간이나 신은 일상 용법에서는 위험하지 않은 가짜 이름에 의해 지칭될 것이고, 진짜 이름 — 신비스러운 의례에 의해 보호되는— 은 마술적이고 종교적인 작업을 위해 보존되고 또 장인, 마법사나 성직자, 전문가에게만 위임된다.

　이름 마법의 영역은 거대한 것으로 보인다. 그것은 전적으로 원시인에게 퍼져 있다. 더구나 그것은 각 개인적 삶의 초기에 다시 나타난다. 왜냐하면 각 사람의 유년기는 인류의 유년기를 반복하기 때문이다. 피아제는 막 파롤을 얻게 되었던 어린아이가 이 도구에 초월적인 가치를 부여하는 유명적 실재론의 시기를 기술하였다. 이름을 아는 것, 그것은 사물의 본질을 파악하는 것이고, 그때부터 그것에 따라 행동할 수 있게 되는 것이다. 그래서 알고 싶어서 안달인 어린아이는 그가 명명할 수 있는 모든 것을 확보하는 수단으로, "이걸 뭐라고 해요?"라고 열광적으로 묻는 것이다. 여기서 다시 말은 존재를 불러내는 것이고, 사고는 이제는 더 이상 분해되지 않는 하나의 현실을 소집하는 것이다.

따라서 원시인은 우리에게, 존재론적인 연대 체제 하에 머물러 있는 그런 언어를 가진 사람인 것처럼 보인다. 원시인의 이 혼동된 의식은 새로운 형태의 문명이 탄생할 때까지 사라지지 않는다. 지적인 표현은 개량되지만, 의도는 동일한 것으로 남아 있다. 위대한 종교는 모두 현실 제도 안에 신의 말씀이라는 교의의 자리를 마련해준다. 고대 이집트에서 세계 창조신은 사물과 생물의 이름을 불러가면서 세계를 창조하였다. 주권적인 파롤은 오로지 이름을 부르는 것만으로도 모든 현실을 족히 만들어낸다. 이집트의 지혜는 신적인 말씀을 파라오의 명령에 비유한다. 왕은 말하고 모든 것은 그가 말한 대로 이루어진다. 왜냐하면 성스러운 문자의 힘이 군주의 인격에 내재해 있기 때문이다. 힌두교의 정신에서 볼 때, 같은 말이 한꺼번에 인간의 이름과 육체와 형상을 가리킨다. 베다 송가는 파롤이, 모든 신앙생활의 중심인 희생을 바친 일곱 현자에 의해 창조되었다고 가르친다. 희생은 그 자체가 '파롤의 자취를 따라가는 것'을 목표로 한다. 바라문교도 모든 정신적인 고행을 하나의 비의어 — 옴ᵒᵐ으로 소리나는 음절 — 로 요약하였다. 이 음절은 단순한 지시가 아니라 존재의 표시in-dicatif de l'être, 가장 신비스럽게 나타난 지고의 실재에 대한 언표인 것이다. 이 음절을 이해하는 것은 인간 조건을 초월하는 것이고, 신적인 통일성 속에서 자신을 잃는 것이다.

중국의 전통적인 지혜는 엄밀하게 말해서 어떤 종교적인 주장과도 무관한 채로 있다. 그럼에도 불구하고 중국의 도덕, 처세술에서, 언어는 중요한 의미를 띠고 있다. 왜냐하면 말의 질서는 사물의 질서를 함축하기 때문이다. 세계는 일관성 있는 담론으로서 나타나는데, 각 사람들은 저마다 성실하게 그 질서를 존중하는 것이 중요하다. 공자가 제창한 학설은 "훌륭한 질서는 전적으로 올바른 언어에 달려 있다."라고 언명한다. 만일 언어가 삐뚤어지면, 세계는 혼란에 빠질 위험에 처할 것이다. "공자는 이렇게 말한다. 이름이 바르지 않으면 말이 사리에 맞지 않고, 말이 사리에 맞지 않으면 일이 이루어지지 않으며, 일이 이루어지지 않으면 예와 악이 흥성하지 못한다. 예와 악을 적극적으로 쓰지 못하면, 형벌이 정확히 적용되지 못하고, 그렇게 되면 백성들이 생활을 제대로 할 수가 없다. 그러므로 군자가 이름을 바로 잡으면, 반드시 옳은 말을 할 수 있고, 옳은 말을 한다면 반드시 옳은 행동을 할 수 있다." 이 본문은 인간 파롤의 초월적 효력을 너무나도 생생하게 밝혀주고 있다. 말은 세계의 의미를 구속하는 하나의 일관성을 지닌다. 파롤의 올바른 사용은 우주적인 전례의 거행처럼 세계의 운행에 공헌한다. 진시황은 자신의 권위를 확립하고 평화를 공고히 하기 위해서 일률적인 의미를 갖게끔 문자를 개혁하고, 공식 사전을 출판하고, 자신의 치적을 자랑하기 위해 비석에 새겨 선포한다. "나는 세상의 인간들에게 질서를 부여하고 행위와 현실의 표준을 정했다. 각각의 사물에는 그것에 걸맞은 이름이 있다." 이와 마찬가지로 프랑스에서는 리슐리외가 아카데미의 설립을 통해 절대 왕조의 치적을 준비할 것이다. 아카데미는 사전과 문법을 다듬으면서 언어를 올바르게 사용하는 법규를 정의하는 일을 맡았던 것이다. 최근에 와서, 있을 수 없는 일이지만, 사람들은 소비에트의 지도자가, 방언의 점진적인 통일을 계획하면서 인간 언어의 미래 문제에 대한 입장을 표명하는 글 속에서 문헌학자의 일을 하는 것을 보고 아연실색했다. 언어에도 그에 상당하는 중앙 집중화 없이는 제국의 건설은 이루어질 수 없다는 것이다. 모든 중대한 개혁, 모든 혁명은 어휘의 갱신을 요구한다. 사람들은 인간의 말하기 방식을 수정하지 않는 한, 인간을 개조하지 못했었다.

그러므로 세계의 존재 및 인간 존재와, 언어와의 이런 긴밀한 연관은, 그 어떤 형식으로 경험되든지 간에 인간적인 가치의식의 변함없는 특징으로 나타난다. 크리스트교 성서도 언어의 신적인 의미를 주장한다. 세계를 창조했던 것은 하느님의 말씀이다. 하느님께서 말씀하신다. 그러자 사물이 생겨난다. 말씀은 그 자체로 창조자이다. 이 존재론적인 파롤의 의미는 충족되어야 할 목표로서 크리스트교 사상의 지평에 여전히 현존해 있다. 크리스트교의 계시도 성서로 표면화될 것인바, 하느님의 말씀 이외에 다른 것이 아니다. 그리고 인간성의 한 새로운 정신적 창조를 수행하는 하느님의 아들 예수 그리스도는 육화된 말씀으로 나타난다. 그는 시각 장애자의 눈을 뜨게 하고 죽은 자를 되살리는 충만한 당신의 능력으로 이 땅 위에서 활동하는, 인간이 된 하느님의 말씀이다.

더구나 이런 언어 존재론에 상당하는, 온갖 이름의 신학이 성서 안에 있다. 크리스트교의 하느님은 숨은 하느님으로,

그 어떤 이름도 우리에게 당신의 본질을 열어주지 않는다. 그것은 이미 구약성서의 가르침인데, 거기에서 우리는 유명한 히브리어 네 글자 야훼Yahweh(여호와Jehovah로 잘못 표기되는)라는 명칭으로 자신을 소개하면서 모세에게 출현하는 전능한 신을 본다. 그런데 신의 이런 이름은 전혀 하나의 이름이 아니라 단지 현존의 주장, 그저 있다Il est를 의미하는 한 언어 형식이다. 인간은 신의 이름을 알 수 없다. 왜냐하면 당신의 이름을 아는 것은 창조자에게는 자신의 피조물과 대등하게 있게 되어버리는 셈이기 때문이다. 창조자만이 그가 창조했던 존재들의 이름을, 말하자면 그에게는 더 이상 숨겨질 것이 없는 이름을 안다. 시나이산 위에서 야훼l'Eternel는 모세에게 말한다. "나는 너를 이름으로 안다…"(출애굽기, 33:12) 또한 예수가 사역 초기에 그의 첫 번째 사도들 중 한 사람에게 새로운 이름을 부여할 때, "너는 요한의 아들 시몬이니, 장차 게바라 하리라."(요한복음 1:42)고 말씀하실 때, 이 호칭의 변경은 베드로의 소명에 부합한다. 예수는 사도로의 전환을 축성하고, 새로운 이름으로 새로운 생명을 불러온다. 한편, 엄격한 크리스트교 전통에서 진정한 이름은 어린아이 때 하느님에게서 받은 세례명이다. 가족의 이름을 우선시하여 세례명이 조락한 것은 근대 탈크리스트교화의 한 징표이다.

따라서 인간은 신 당신의 말씀을 존중하면서 세계 속에서 신에게 봉사해야 했다. 신의 섭리에 의해 보증된 인간의 언어는 신앙 속에서 그 질서를 확보하였다. 그런데 창세기는 재빨리, 창조의 예정조화를 망각함으로써 자기 자신과 분열된 인간을 우리에게 보여준다. 성스러운 역사는 최초의 위반으로 끝나지 않고 증대해가는 일련의 연쇄적인 불복종인 것으로 전개된다. 바벨탑의 이야기는 신적인 파롤을 망각한 사람들의 이런 타락을 상징적으로 묘사한다. "온 세상이 같은 말을 하고 같은 낱말을 쓰고 있었다."(창세기 11장 1절) 그러나 하느님은 지나치게 오만한 인간의 사업을 응징하기 위해 랑그의 혼동을 유발시켜 그 계획을 저지한다. 창조 때의 유일한 랑그는 그 죄과로 다양한 랑그들로 대체되고, 그리하여 사람들을 서로가 이방인이 되게 만든다. "주님께서 거기에서 온 땅의 말을 뒤섞어 놓으시고, 사람들을 온 땅으로 흩어 버리셨다."(창세기 11:9) 그때부터 크리스트교인이든 아니든 이 땅의 화해를 꿈꾸는 사람들은 보편적인 에스페란토나 지역 특유의 랑그의 비밀을 탐구하고 있다. 이 통합 운동oecuménisme은 아주 오래된 인간적인 악의 오해를 풀어줄 놀라운 힘을 가질 것이다.

그러나 바벨탑은 크리스트교적인 언어 교리에서의 마지막 말la dernier mot이 아니다. 신약성서에서의 또 다른 이야기가 창세기의 비극을 반향하고 있다. 그것은 사도들에게 성령이 강림하여 그들에게 랑그의 선물을 내린 오순절의 계시이다. 그리하여 하나로의 신비스러운 복귀를 통해 처음의 분열이 보상되고 있다. 그렇다고 사도들이 돌연히 다국어를 구사할 줄 알고 박식한 지식을 선물 받았다고 상상하라는 것은 아니다. 그 의미는 분명 그리스도의 사도가 그 스스로 다양한 사람들을 화해시키는 능력을 가진다는 것이고, 특히 그의 영혼의 가장 비밀스러운 데까지 뚫고 들어가는 길로서 각자에게 맞는 그런 파롤을 발견하는 능력을 가진다는 것이다. 파롤의 다양성은 유지된다. 그것은 의지intention로서만 넘어설 수 있을 뿐이다. 그것은 신앙의 희망 안에서 극복된다.

그러므로 크리스트교 사상은 언어의 문제를 심도 있게 제기하였다. 크리스트교 사상은 하느님의 말씀과 인간의 파롤 간의 간격을 보여주었다. 크리스트교 사상은 한편으로는 바벨의 파롤, 오만의 파롤, 좌절의 파롤과 다른 한편으로는 은총의 파롤, 오순절에서 회복된 파롤 사이에서 진동한다. 초월적인 파롤의 거부와 언어의 상대성에 대한 발견은 인간의 정신생활에서 중요한 시기를 표시한다. 바벨은 지상천국으로부터의 탈출을 반복한다. 에덴동산의 예정조화는 타락 이전의 무구함이라는 독단적인 잠에 해당하는 것이었다. 인간은 모든 면에서 그에게 신적인 의도를 말해주었던 문제 없는 세계에서 안전한 신화적 의식 밑에서 쉬고 있었다. 타락 이후, 바벨탑 사건 이후에 인간은 마법에서 풀린 언어의 주인으로서의 자신을 발견하고. 좋든 싫든 간에 그에 대해 스스로 모두 책임을 지지 않으면 안 된다. 파롤은 이제 더 이상 초인간적인 질서에다 파롤을 응결시켜놓았던, 신의 섭리에 따른 예정에 의해 보증되지 않는다. 신화적인 의식의 차원에서는 세계의 통일을 구현하는 단 하나의 언어, 신적인 언어만 있을 뿐이다. 단 하나의 세계만이 있다. 왜냐하면 단 하나의 파롤만이 있을 뿐이기 때문이다. 모든 문제가 해결된다. 아예 문제가 제기되지 않고 있기 때문이다. 바벨탑의 대재앙은 인간적인 활동에 반성의 기획과 자유의 기획을 열어준다.

# 4장 파롤과 철학자들

따라서 말이 자명한 것이 아니라 우리에게 달려 있다는 자각이 상징적인 구획선 역할을 한다. 인간의 군림이 존재론을 떨쳐버린다. 경탄과 각성과 불안의 시간moment, 그것은 철학의 시간이다. 인간은 온갖 신화적인 금지에도 불구하고, 말의 법칙 밑에 자기를 복종시키기까지 했었지만 이제는 말을 다룰 수 있다는 것을 깨닫는다. 말은 인간이 자기를 정당화해 주기를 기다린다. 이 발견에는 권력의 이양식이 있다. 신화적 세계는 각 사물을 위한 이름이 있고, 각 사물이 그 이름에 따르는 명칭dénomination의 세계였다. 반면에 반성의 세계는 의미의 세계이다. 명칭은 의도 없이는 의미가 없다.

서양 사상의 모험은 그리스인의 사유가 인간적 파롤의 자율성을 밝혀줄 때 시작된다. 자연의 현실을 창조하는 것은 아니더라도, 적어도 그 현실의 의미를 창조하는 것은 인간 고유의 일이다. 그로 인해서 만물의 척도인 인간은 자기의 세계 속에서 하나의 신, 신들과 흥정하는 하나의 신, 세계의 소유를 놓고 감히 신들과 겨루려 하는 하나의 신이다. 그리스의 수사학과 궤변술은 우리가 살아가는 세계가 파롤의 세계라는 것을, 교활한 인간이 남을 속이기 위해서 제멋대로 구성할 수 있는 세계라는 것을 증명한다. 그때부터 기교는, 사실상 모든 초월적 가치를 부정하기 때문에, 그리고 아주 인간적인 기술만 남게 되고 말 뿐이기 때문에, 불경impiété과 가까워진다. 이 위협적인 무정부주의에 맞서서 담론의 철저한 분석을 통해 인간의 통일을 지키려는 소크라테스의 항의가 일어난다. 말은 우리들의 변덕의 노획물인 것처럼 우리의 것이 아니라고 소크라테스는 항변한다. 말의 명료한 해명은 의식의 한 시험으로서 필요불가결한 것이다. 용어를 정확하게 사용하라는 정언명법은 자기 자신에 대한 충실 및 신들에 대한 복종의 의무와 일치한다.

플라톤과 아리스토텔레스는 인간적 의미의 일치를 통해 통일을 회복해 가는 소크라테스의 노력을 연장할 것이다.

직접적인 경험은 무질서의 경험이지만, 사고의 개입은 신적인 것의 재발견인 조화로의 회복을 일으킨다. 사실상 이것이 플라톤주의 사상의 출발점이다. 초기 대화편 중에서 가장 중요한 대화편 중의 하나인 『크라튈로스』는 그 부제가 지적하는 것처럼 '말의 올바름'이라는 목적을 위한 것이다. 문헌학은 바로 철학의 시작이다. 철학은 제멋대로 참과 거짓을 뒤섞으면서 온갖 지혜와 신심을 파괴하는 소피스트, 요술사, 마법사를 지혜의 신전에서 쫓아낼 것이다. 소크라테스적인 방법은 어휘에 대한 탐구로 제시된다. 용기란 무엇인가? 정의란 무엇인가? 신심이란 무엇인가? 대화 상대방은 우선 자신 있게 대답한다. 그는 이런저런 진부한 관례적인 말을 제시하는데, 이에 대해 소크라테스는 손쉽게 그에게 그것은 모순이며 전혀 의미가 없다는 것을 보여준다. 상식sens commun은 나쁜 교사이다. 양식 bon sens에 호소하기 위해서 그것을 포기해야 한다. 날카로운 소크라테스적인 반어법 하에서 반성적 사유는, 현상을 넘어선 대 진리Vérité의 교사 역할을, 각 사람에게서의 보다 깊은 판단을 조정하는 역할을 한다. 따라서 가장 단순하고 가장 많이 쓰이는 낱말들이 그럼에도 불구하고 존재의 지시자인 것으로 보여지고, 우리들의 사고를 넘어서고 또 그 사고를 공증해주는 하나의 대 관념Pensée을 우리에게 계시해주고 있는 것으로 보인다.

　따라서 그리스 철학의 주요 작업은 언어에 진리를 부여하려는 야심을 가지고 있었다. 플라톤의 이데아론은 말과 현상의 세계를 곧장 초월적 형상의 세계와 연결시킨다. 인간의 사고는 변증술이 인간에게 신적인 것을 보증인으로 끌어대는 것을 허용하기 때문에 구원된다. 아리스토텔레스는 플라톤의 이데아를 인간이 직접적으로 적절한 직관에 의해 다가갈 수 있는 개념적 본질로 대체할 것이다. 파롤은 소피스트들의 비판에 의기양양하게 대응하면서 형이상학의 정립을 통해 정당화될 것이다. 그러나 이 형이상학적인 파롤은 전반성적인 신화적 파롤의 순수한 무구성을 영원히 잃어버렸다. 신화적 파롤은 신적인 독백으로서 나타났으며, 인간에게 있어 언어의 준수는 초월적 질서를 존중하는 데 있었다. 새로운 존재론은 하나의 대화로, 말하자면 공동의 활동이자 논쟁으로 나타난다. 이 대화에서 우선 일깨우는 자 역할을 하는 소크라테스는 양편 중의 어느 하나를 택하지만, 곧 스스로 그 대립을 지워버린다. 그것은 각자가 자기 자신과 나누는 대화이고 신들과 함께 하는 이성의 대화이다. 이것이 **변증론**의 의미인데, 이 변증론에서 인간 정신은 점점 더 파롤 활동에 참여하고 있다는 것이 명확하게 드러난다. 모든 초월적 규범으로부터의 해방을 선언했던 소피스트들의 극단적인 인간주의는, 상대주의에 맞서서 진리의 우선성을 법적으로 옹호하는 사람들에게 와서는, 스스로 개념과 관념들을 주조해서 그 안에 원시인의 미분화되어 있는 존재를 분배하는 그런 존재론을 활성화하기에 이르렀다.

동시에 인간 판단 활동에 대한 의식이 명확히 나타나면서, 그 의식은 언어가 존재에 참여하는 것을 보장하라고 촉구한다. 파롤의 차원에서 진리는 구성되어야 하는 것이며 끊임없이 비판되어야 하는 것이다. 인간은 말에 대한 결정권을 가지며, 존재 위에 말들을 정렬하는 것은 그의 권한이다. 고대 사상은 자기 안에 개념의 존재론적 실재론과 판단의 주지주의적 관념론을 결합시킨다. 그 후에 언어의 문제는 전형적으로 형이상학의 문제가 되면서, 이 결합은 해체되기에 이른다. 이런 관심pré-occupation은 중세 사상의 핵심에도 나타난다. 중세 사상은 인간 파롤의 존재론적 정당성이라는 주제를 놓고 전개된 광범위한 논쟁으로 이해될 수 있다. 여러 학파들이 보편자의 문제를 해결하려고 노력하였다. 우리들이 사용하는 말들이 가리키는 일반 관념의 본성은 무엇인가? 우리들의 파롤에 일관성을 주기 위한 초월적인 정신적 실재, 플라톤적인 이데아, 본질이 있는가? 또는 개념들은 개념들을 지시하는 말들 외에 다른 것이 아니지 않는가? 구체적인 사람과 구별되는 인간이 존재하는가? 또는 인간은 그저 이름일 뿐인가? 개념론적인 본체론주의ontologisme와 유명론적인 허무주의 사이에서 아주 미묘한 여러 입장들이 정신의 다양한 방향성을 결정한다.

이런 끝없는 논쟁은 순전히 언어적인 것으로 보이는 문제를 놓고 열정적으로 벌어졌다는 점에서 오늘날 우리를 놀라게 한다. 하지만 그 이유는 형이상학과 신학의 토대를 문제 삼고 있는 말의 의미에 대한 것이기 때문이다. 만일 단독적인 개인들만이 존재한다면, 유 개념이 이름에 불과하다면, 삼위일체의 신은 일치될 수 없고, 우리는 다신론에 빠지게 될 것이다. 마찬가지로 아담의 원죄가 인간의 죄가 아니라 한 사람의 죄라면, 후손들이 물려받지 않게 되었을 것이고, 원죄의 도그마는 모순에 빠지게 될 것이다. 거꾸로, 유 개념만이 존재한다면, 개별성은 사라질 것이다. 각 사람의 고유한 실재성은 인간 전체 속으로 용해되고, 이는 범신론과 같은 새로운 이단에 빠지는 것이다. 교부들은 잠을 자지 못하고 끊임없이 감시해야 한다. 각각의 파롤은 신앙 고백을 내포하고 있다. 그리고 말장난을 하면서 크리스트교를 파괴할 위험이 있는 자들에게는 파문이라는 위협이 가해진다.

스콜라주의의 매우 세밀한 언어유희는 필연적으로 최고 지성의 불신과 적대감을 불러일으키지 않을 수 없었다. 하느님의 말씀을 해석한다는 구실 하에, 그것은 사실상 스콜라 철학 l'École의 쓸데없는 논쟁에서 뚜렷이 모습을 드러낸 새로운 소피스트인 것이다. 그것은 논증이라는 정교한 제식에 따라 지적인 사상누각을 지은 논쟁이다. 진부한 표현과 논증을 가지고 그렇게 함으로써 교부들은 모든 것을 뒤죽박죽으로 만들어버리고 말았던 것이다. 그들은 복음서의 하느님과도 접촉하지 못하고, 또 경험 세계와도 접촉하지 못한다. 만일 사람들이 경건, 지혜, 진리의 길을 다시 찾고 싶다면, 무에서부터 다시 출발하지 않으면, 다시 말해 새로운 랑그를 창조하지 않으면 안 될 것이다. 모든 정신적이거나 지적인 혁명은 사전에 기존 언어를 변형시킬 것을 요구한다. 르네상스와 종교개혁은 특별히 이를 입증하는 한 예이다.

르네상스라는 거대한 격변은, 그 상징에 있어서 뿐만 아니라 아마도 그 핵심에 있어서 사실상 근대 문헌학의 탄생에서 발견된다. 그 후부터 식자들은 더 이상 신학자, 논쟁자들이 아니라 죽은 언어, 특히 라틴어를 되살리는 일에 착수한 지식인, 학자들이다. 그때에도 살아남은 라틴어가 있었는데, 그것은 한낱 전례 및 스콜라주의의 언어인 교회 라틴어였다. 인문주의자들은 이 관용 언어가 퇴폐의 산물이라고 주장한다. 중세의 저급한 라틴어를 넘어, 그들은 키케로의 순수성으로 복귀하라고 권고한다. 그 이후로 라틴어 연구는 서방 교회가 등한시했던 희랍어 연구에 의해 보충된다. 그리고 말의 차원을 넘어서 인간과 문화를 결합한 엄격한 학과가 된 고전 문헌학은 전통적인 대학과 중세 교수단에서 벗어나 창시된, 비종교적인 기관인 새 콜레주 드 프랑스에서 셈어 연구를 위한 자리를 마련하기까지 한다.

거기에는 단순한 고등 교육 커리큘럼의 개편보다 훨씬 더 많은 것이 관련되어 있다. 고대 랑그에 대한 새로운 이해가 사고의 지평을 확장시킨다. 여기서 문헌학의 탄생은, 그와 동시대에 세계의 구조를 변경하면서 근대인에 특징적인 새로운 자기의식을 마련해준 위대한 발견들과 동일한 종류의 것이다. 잊혀졌기 때문에 알려지지 않았던, 전 대륙이 지식인들에게 열린다. 히브리어 구약성서와 희랍어 신약성서가 신선한 모습을 띠고, 라틴 교회의 침전물로 덮여 있었던 은폐에서 벗어난다. 그것들 본래의 랑그로 직접 성서에 접근하는 것은 크리스트교 계시에 대한 새로운 이해의 길을 열어준다. 이 재발견은 인간 의식을 가로질러 길게 간직되게 될, 충격적인 결과를 수반한다.

그러나 예기치 못한 역전에 의해 성서 속에서 살아 있는 하느님의 말씀을 재발견하려는 이 혁명은 언어의 차원에서 이중의 효과를 일으키는 혁명으로 나타난다. 성서의 모국어라는 권리를 잃어버린 라틴어는 의사소통과 교육의 랑그이기를 그친다. 식자들에게 원천으로 복귀하라고 내려진 계시는, 소박한 신자들에게 있어서는 세속 랑그로 번역된 성서에 직접 접근해도 된다고 하는 또 다른 계시로 인해 배가된다. 영적 삶의 욕구를 위한 종교개혁은 근대 독일과 영국의 탄생을 부추기는데, 그 최초의 기념물이 루터의 성서와 영국 성공회의 성서이다. 그 이후로 신자들은 신에게 기도할 수 있었고, 각자 자기의 랑그로 신의 말씀Parole을 읽을 수 있었다.

따라서 라틴어의 실추는 서양에서는 근대 국가의 성장으로 중세 크리스트교가 파열되었다는 것을 상징한다. 정신적인 분열은 정치적인 분리로 검증된다. 로만어의 꿈, 가톨릭적 통합운동의 꿈은 바벨탑의 재앙의 재발로 귀착된다. 사람들은 점점 더 서로를 이해하지 못하게 된다. 신학은 더 이상 단일한 세계의 랑그로 말하지 못한다. 그러나 한 특별한 만남에 의해 이 좌절의 계기는 새로운 희망의 출현과 동시에 발생한다. 하나의 언어가 비약하는데, 이 언어는 진정한 통합 운동이라는 보편성에서 정신들을 화해시킬 수 있는 것으로 드러난다. 새롭게 열리는 전통의 천재적인 예언자인 갈릴레이는 다음과 같이 선언한다. "수학은 세계가 기록되는 언어langue이다."

과연, 수학은 언어의 혼란과 국가의 혼란을 초월한다. 수학은 스콜라 철학의 미심쩍은 교묘한 신학 용어를 아주 엄격하고, 서로 완벽하게 연관된 표현과 관념들로 대체한다.

지식의 이 참된 전환은, 수학에 의지함으로써 가능해진 이 자연 문헌학의 출현에서 예고되고 있다. 자연은 수라는 언어로 말한다. 이미 플라톤이 말했듯이 신은 영원의 기하학자이다. 신에게 가기 위한 가장 확실한 길은 신이 창조물 속에 부여한 질서를 해독하는 데 있다. 근대 철학자는 세계의 신적인 계획을 표현하는 엄격한 법칙들을 해명해내고 있는 케플러, 데카르트 그리고 뉴튼과 같은 기하학자, 전문가이다. 특히 모든 진리의 언어는 이제 수학적 추론의 언어일 것이다. 이제는 유명한 표현이 되었는데, 데카르트는 "수학자들이 가장 어려운 증명에 이르기 위해 즐겨 사용하는, 아주 단순하면서도 쉬운 이 긴 이성의 연쇄"의 탁월성을 찬양하였다.(『방법서설』, 2부) 이후부터 이것은 모든 철학적 사고의 모델이 된다. 스피노자는 형이상학에 대한 논문을 쓰면서, 그것을 기하학적인 순서에 따라 한쪽을 다른 쪽에서 연역해내는 일련의 정리들로서 제시한다.

그러므로 여기에 이성의 언어가 있다. 교회와 전통의 붕괴된 권위는, 점진적으로 밝은 빛 속으로 들어가기 위해 저마다 자기의 말을 해명하면서, 비판적 의식이라는 새로운 권위로 대체된다. 철학의 전 과제는 이 랑그를 완전하게 다듬는 것뿐인데, 그 랑그의 각 용어는 명석판명해질 것이고, 그 작동은 지성적 원리에 따를 것이다. 데카르트적 개혁의 의미는 이 언어를 엄격하게 수정하는 것에 있는데, 이것은 도형과 수의 영역ordre에서 새로운 수학이 확실한 도구를 가져다주는 것과 마찬가지로, 사고의 영역에서 철학에 확실한 도구를 가져다줄 것이다. 젊은 데카르트의 신기한 서신이 이를 입증한다. 1629년 11월 20일에 그는 서신 상대인 메르센느에게 답장을 하는데, 거기에서 그에게 — 당대의 학자에 의해 제안된 일종의 에스페란토인 — 보편 랑그의 계획을 알렸다. 문제의 이 계획은 그에게 대단한 것처럼 보이지는 않았다. 그것은 말을 만들어내고 조합하는 것으로 만족하고 있는 문헌학자의 일이다. 반면에 진정한 보편 랑그는 사물이 아니라 참된 관념을 표현하는 이성의 랑그와 같은 것이지 않으면 안 되었다.

　데카르트는 계속 다음과 같이 말한다. "이 랑그의 고안은 참된 철학에 달려 있다. 왜냐하면 그렇지 않으면 인간의 모든 사고를 매거하고 정돈하기란 불가능하기 때문이고, 사고가 분명하고 단순하게 되게끔 사고를 판별하는 것도 불가능하기 때문이다. 내 생각에 이것은 우리가 훌륭한 지식을 얻어내기 위해 품을 수 있는 가장 큰 비밀이다."『방법서설』의 전 계획이 여기에 잠복해 있다. 그리고 우리들은 그것이 인간 이성에 과학의 수 언어를 주는 것 이외의 다른 야망이 아니라는 것을 분명하게 알아차릴 것이다. 데카르트는 계속 말한다. 보편 랑그는 배우기 쉬울 것이다. 그것은 판단을 도와줄 것이다. "이와는 반대로 우리들이 가진 말은 거의 혼동된 의미만을 가지고 있을 뿐이다. 인간 정신이 오랫동안 그 말에 습관에 젖어 있었기 때문에, 정신은 거의 아무것도 완전하게 이해하지 못하는 것이다. 그런데 나는 그 언어가 가능하다고 생각하고, 또 우리가 그 언어에 의존하는 지식을 찾을 수 있다고 생각하며, 그 덕분에 사물의 진리를 판단하는 일에서 지금 철학자들이 하는 것보다 농부들이 더 잘 판단할 수 있을 것이라고 생각한다…."

그러므로 혼동되고 공상적인 상식의 랑그는, 이성에 복종함으로써 생겨난 직관적 증거에 의해 해명되는, 엄밀한 양식bon sens의 랑그로 대체되어야 한다. 우리들은 데카르트의 전 작업이 청년기의 이 프로그램을 실행해 가는 것이라고 말할 수도 있을 것이다. 그것은 한 단일한 언어의 통일성과 보편성에 인간, 세계와 신, 형이상학, 과학과 기술을 복종시키기 위한 거인적인 노력인 것이다. 물론 이 과업이 완전하게 성공하지는 못했다. 왜냐하면 그것의 완전한 성공은 인간 조건의 초월을, 일종의 역사의 종말을 의미했을 것이기 때문이다. 그러면 세계를 여는 말maître(-)mot의 소유자인 인간은 신을 대신했을 것이다. 메르센느에게 편지를 쓸 당시에 젊은 데카르트는 이 불가능성을 의식하고 있었던 것처럼 보였다. 그는 보편 랑그는 실현될 수 있다고 선언하였다. "그러나 사용되는 것을 보리라고는 결코 기대하지 않는다. 그것은 사물의 질서에 있어서의 거대한 변화를 전제로 하며, 전 세계가 그냥 지상낙원일 것을 요구할 것이고, 소설에서나 제안하기에 좋은 것일 뿐이다." 그리하여 이성의 가장 높은 성공은 하나의 유토피아로 머물러 있다. 인간은 바벨탑의 영향 밑에 놓여 있으며, 가장 용감한 이성의 확신자 중의 한 사람인 데카르트 자신도 이 랑그의 설립이 궁극적으로 성공할 것이라고는 믿지 않지만, 그럼에도 불구하고 그 일에 헌신한다. 결국 보편 랑그는 지식의 완전성과 영원히 평화 속에서 화해된 인간의 완전성에 있을 것이다.

데카르트의 편지가 근대 사상의 신조의 고백이라는 것에는 변함이 없다. 그 편지는, 마찬가지로 보편 랑그를 꿈꾸지 않을 수 없었던 또 다른 천재 라이프니츠가 자기 논문에 집어넣기 위해 손수 베껴 쓸 정도로 중요한 문서였다. 데카르트의 후계자는 의기양양한 이성의 이 프로그램에 충실하게 머물러 있다. 그러나 그는 스승의 사상이 충실하게 머물러 있었던 형이상학적 전제들에서 해방된다. 『정신 지도를 위한 규칙』과 『방법서설』은 지식을 구성하려는 인간 노력에 잘 부합한다. 그러나 그 요소들 자체는 초월적인 실재에서 끌어온 것이다. 데카르트의 단순한 자연들, 명석판명한 관념들은 모두 플라톤적인 이데아나 아리스토텔레스의 개념들처럼 존재론적으로 주어진 것들과 대응되어 있다. 인간의 기하학은 신의 기하학의 반복이다. 인간은 신의 계획을 해독한다. 물론 데카르트의 신은, 결코 성서의 신과 정면으로 충돌하지는 않지만, 그 신과 친밀한 관계를 유지하는 것으로 보이지는 않는다. 그럼에도 불구하고 철학자들과 학자들의 신은 여전히 미리 그 한계가 정해진 인간적인 기도tentative의 지배자처럼 나타난다.

데카르트의 후계자들은 더욱더 그 어떤 신의 파롤에 대한 전적인 고수로부터 인간의 파롤을 해방시킬 것이다. 갈릴레이가 말했던 것처럼, 수학은 확실히 세계가 씌어 있는 랑그이다. 그러나 이 랑그, 이 문자는 인간의 작품, 정복의 결실이다. 이미 스스로 자연의 주인이자 소유자이기를 바라는 데카르트의 지혜는 증대하는 행동의 자유를 의식하고 있는 노동자, 기술자의 지혜이다. 신의 계획을 예측하거나 신의 어깨 넘어 그 계획을 읽는 것이 더 중요한 것이 아니라, 주도권을 잡고 자연에 보태는 것이 더 중요하다. 인간은 신의 형상을 본따서 — 그리고 필요하다면 신이 없이도— 창조자가 된다. 이 인본주의는 정신 활동에서 점점 더 큰 이득이 된다는 것을 보여준다. 전통 철학의 존재론적인 이성은 지성주의적인 이성으로 대체된다. 판단은, 18세기를 가로질러 데카르트에서 칸트로 가는 길에서 내내, 개념, 관념보다 우위에 선다.

산업혁명과 동시대인이고 1789년 정치 혁명의 선구자인 18세기 사상가는 더욱더 인간에게 능률을 높여준다. 과학과 기술은 신에게서 이 세계의 지상권을 빼앗는다. 백과전서학파는 인간 척도에 따라 새로운 우주의 목록을 작성한다. 언어 개념도 철학의 이 방향 전환을 표현한다. 체계의 세기는 사고에 세계를 떠받치는 능력을 부여한다. 그러나 개혁은 급진적이지 않을 수 없다. 데카르트가 메르센느에게 보냈던 편지에서 개진했던 것과 같은 계획을 다시 시작하면서, 빛을 빼앗긴 시대에 의해 축적되어 있었던 모든 오해를 백지상태로 만들어야 한다. "우리가 가진 말들은 거의가 혼란스러운 의미만 가지고 있을 뿐이다…." 모든 악은 거기에서 온다. 데카르트 이후, 로크, 버클리, 콩디악이 이 말을 되풀이할 것이다. 각자가 자기 방식대로 전통적인 형이상학 교설 속에 있는 기존 언어의 질병을 고발할 것이다. 그에게는 하나의 유토피아로 보였던 이 과제 앞에서 젊은 데카르트는 뒷걸음쳤다. 그의 후계자들은 더 용감해질 것이다. 신학자들이, 세계를 창조하면서 실재에 이름 붙이는 것을 신에게 인정했던 능력이 그 이후로 철학자에게 나타났다. 철학자는 신학적인 편견 없이 사고의 엄격한 목록을 작성하면서, 이성의 세계의 참된 저자가 된다. 그러므로 언어 차원에서의 혁명은 일체의 전통적인 특권이 폐지되는 때인 8월 4일 밤에 시작된다. 그 혁명은 새로운 제도에 이르게 되는데, 이 제도는 당당한 이성의 권위 하에 자유로운 말의 놀이와, 담론 세계의 시민들로 유지된다. 그리고 이때 담론의 의미들은 사전에 철저하게 검증되어 있었던 것이다. 1789년의 혁명가들에게 훌륭한 정치 구조가 인류의 행복을 보장하는 것과 마찬가지로, 이념론자들, 철학의 혁명가들은 콩디악과 더불어 '잘 다듬어진 랑그'가 언제까지나 모든 문제들을 해결해 줄 것이라고 생각한다.

　정치 혁명은 실패로 끝나고 말았다. 혁명은 세계에 평화를 선언했지만, 대신에 세계에 전쟁을 일으켰다. 혁명은 시민의 화합을 약속했지만, 공포정치로 끝나고 말았다. 나폴레옹 시대의 격변 이후 19세기는 전통적인 가치로 회귀하는 반동의 시대이다. 언어학은 나름대로 이 모든 낙관주의의 파탄을 반영한다. 콩디약은 체계적인 해명을 통해 철학에 종지부를 찍게 될 『산수의 언어』를 가다듬지 못하고 죽는다. 역사의 기묘한 모순으로 인해, 언어의 과학은 그때부터 구성되기 시작한다. 그러나 이 과학은 모든 유추와 수학적 형식주의와는 상반되는 하나의 인간 과학이다. 철학자들의 시대인 18세기에 대해 19세기는 문헌학자들의 시대로 맞선다. 랑그는 인위적인 체계로, 이성의 숫자로 축소되지 않는다. 낭만주의 시대에 랑그는 파롤의 차원에서 인간 천재성의 화신으로 나타난다. 데카르트와 그의 후계자들이 그 혼란을 고발했던 기존의 언어는 사실상, 각 개인의 사고가 영향을 받는 하나의 문화적 지평으로, 일종의 사회의식의 반성으로 나타난다. 여기서 훔볼트, 야콥 그림 및 독일 지식인들의 연구를 따라서, 프랑스에서는 르낭이 그 대변인이 될 것인데, 새로운 존재론―신적인 이성이나 정신의 활동 위에서가 아니라 국가적인 가치들 위에 세워진 존재론―이 그 윤곽을 드러낸다. 랑그는 마치 생물처럼 역사 속에서 스스로 발전해 가는 하나의 전체적인 유기체로 구성되어 있다. 랑그는 각 시대에서의 일종의 집단 무의식을 표현한다. 거기에서 랑그는 시인들의 매혹적인 파롤뿐만 아니라 이야기꾼의 소박한 이야기와 대중의 지혜를 공급한다.

따라서 낭만주의 시대는 희랍어 뮈토스가 바로 파롤을 의미한다는 것을 재발견하면서 언어의 신화를 만들어낸다. 비교 언어학자들의 작업, 어원학의 발견, 인도 유럽어족의 확인 등은, 빛의 시대의 합리적인 통합 운동의 꿈을 질식시키자고 주장하는 가장 광신적인 민족주의 이론가들의 가설에 근거 없는 구실을 주는 데 쓰이게 될 것이다. 그럴 경우 인간은, 그 안에서 랑그의 영속성이 주장되는 그런 집단 표상의 하수인에 지나지 않게 된다. 불행하게도 국가 사회주의자 교설에 따르면, 19세기 독일의 문헌학과 20세기의 신화 사이에는 연관이 있다. 그들은 한때 유럽을 좌지우지했던 가장 흉악한 체제를 정당화하기 위해서, 언어와 시원적인 제도에서 다시 찾아낸 종족 정신에 호소했다.

그러므로 나치즘의 실패는 어떤 의미에서는 한 언어 철학의 실패이다. 불행하게도 우리들의 시대는 문명의 발전에 따라 더욱더 연대해 가고 있는 세계 시민들을 위해, 좋은 의도에서 공통적인 척도로 봉사할 단일한 랑그를 더 이상 개발할 수 없는 것처럼 보인다. 국제연합 기구도 예전의 국제연맹과 똑같은 어려움에 봉착해 있다. 방언의 불일치, 가치의 불일치가 인간에게 바벨탑의 저주를 퍼붓고 있다.

그러므로 인간 파롤의 의미는 해결되지 않은 채로 남는다. 수 세기에 걸쳐 제안된 형이상학은 결국 전부 실패한 것처럼 보인다. 인간 언어는 창조자 하느님의 파롤이 아니며, 이 파롤을 되풀이할 것을 바랄 수도 없다. 그러나 인간 언어는 오로지 이성적인 이해 가능성이라는 기준에 따라 기호 언어를 자유롭게 고안해내는 지성의 인공적인 작품도 아니다. 과학의 성공은 이런 점에 현혹되어서는 안 된다. 왜냐하면 그 성공은 비인간적인 객관성을 통치하는 몇몇 제한된 영역에 한정되어 있기 때문이다. 끝으로 인간의 파롤은 집단 무의식이라는 수용소 속에 그것을 가두어놓았을 사회 표상 체계에도 굴복당하지 않는다. 파롤은 우리를 계속 존재에 속박시켜 두지 않는다. 파롤은 우리에게 완전한 면허도 허용하지 않는다. 파롤은 인간 존재도 아니고 인간 존재의 부재도 아니다. 그것은 사람들과 사물들 속에 있는 사람의 계약인 것이다. 다시 말해, 언어에 대한 고찰은 신, 이성 또는 사회로부터 시작되어야 하는 것이 아니라, 파롤 안에서는 자기주장의 방식으로 발견되고 또 세계 속에서는 건립의 방식으로 발견되는 인간적 현실로부터 시작되어야 한다. 문제는 언어 그 자체의 문제가 아니라, 말하고 있는 사람의 문제인 것이다.

# 5장 인간적 현실로서의 파롤

    따라서 언어는 말하는 인간을 떠나서는 사본적인 현실도, 신의 말씀도, 닫히고 완전한 체계도, 그 존재론적인 위력에 의해 개인적인 삶을 제어하는 지능적 자동장치<sup>automate</sup>도 구성하지 못한다. 인간의 파롤은 이미 존재하고 있는 현실을 그저 반복하는 것으로 만족하지 않는다. 그런 일은 파롤에게서 본래적인 효력을 모두 빼앗아 버리는 짓이 되었을 것이다. 인간을 평가 단위로 삼지 않는 모든 철학은, 파롤을 초월적인 창조자의 언어와, 그 자발성과 현실성을 전부 빼앗긴 창조된 인간 언어로 나눈다. 그러나 이 두 언어를 합한다 해도 그것은 인간 파롤과 같은 것이 아니다.

이제부터 우리는 파롤을 삼인칭인 객관적 체계로서가 아니라 개인적인 기획으로 고찰해야 한다. 말을 해간다는 것*prendre la parole*은 인간의 주요한 일 중의 하나이다. 여기서 이 표현은 문자 그대로 생각되어야 한다. 언어는 그것을 작동시키는 개인의 주도적인 행위보다 먼저 존재하지 않는다. 기존의 랑그는 언어활동을 전개하기 위한 뼈대만을 제시할 뿐이다. 말들과 그 의미들은 말하는 사람에게 건네지는, 결코 완성되지 않고 항상 유동하는 가능성들을 표현한다. 개인의 언어는 사실상 사전에 종속되어 있지 않다. 오히려 실행 중인 파롤을 쫓아가고 그 의미를 분류하는 일을 자처하고 나서는 것은 사전이다. 따라서 살아 있는 랑그는 살아 있는 인간의 랑그로 나타난다. 사회 한가운데에서 각 개인의 어휘*vocabulaire*는 시간이 지남에 따라 새로운 모습을 갖는다. 각각의 위대한 작가에게는 고유한 랑그의 역사가 있다. 그뿐만 아니라 좀 더 온건하게 말하자면, 우리들은 각 사람들의 성장 과정에서 그의 말하기의 변화를 찾아낼 수 있었다. 게다가 그 변화는 단지 어휘에만 한정되지 않는다. 왜냐하면 하나의 랑그는 낱말의 수집이 아니기 때문이다. 언어학자들은 생생한 말하기의 계산 단위가 자루 속에 들어 있는 곡물처럼 서로가 고립된 명사, 동사 또는 형용사의 형태로 나타나지 않는다는 것을 보여주었다.

파롤의 요소는 의도하는 의미에 따라 생동하는, 하나의 복합적인 전체이다. 그것은 종종 한 낱말로 환원되지만 항상 한 의미의 표명에 부합하는, 다소 복잡한 문장*phrase*들로 표현되는 언어적 이미지*image verbale*이다. 사유의 생활에서는 문장이 낱말로 이루어져 있는 것으로 생각해서는 안 된다. 낱말들은 표현 의도가 표출되는 문장들의 퇴적물*dépôt sédimentaire*이라고 말하는 것이 더 맞을 것이다.

인간의 파롤이 항상 하나의 행위라는 사실만큼 명명백백한 것은 아무것도 없다. 진정한 언어는 주어진 상황에서 그 상황의 한 계기로서 또는 그 상황에 대한 반응으로서 들어선다. 언어는 안정을 유지하거나 회복하는 작용을 하며, 세계 안으로 개인이 들어오는 것을 보장하고 의사소통을 실현시키는 작용을 한다. 그런데 상황들은 더 이상 정확하게 되풀이되는 법이 없이 개인의 일생에 걸쳐 끊임없이 갱신된다. 그래서 한 낱말의 의미는 단번에 고정되어 있기는커녕 매번 재생될 때마다 새로운 것이다. 사전은 평균값과 통계치의 목록에 지나지 않는다. 앙리 드라크루와가 말했던 것처럼, "낱말은 매번 발설될 때마다 창조된다."(1922년 12월 14일, 『프랑스철학 사회』)

따라서 우리는 원시인들과 그리고 말씀에 신적인 속성을 부여했던 신학자들이 자기들 나름대로 인식했던, 활동하는 파롤의 창조적인 성격을 다시 발견한다. 언어는 오직 인간만이 세계를 구성해낼 수 있다고 하는, 그런 인간적 현실의 초월성을 표출한다. 파롤 이전에, 세계는 개성과 환경의 경계조차 한정되지 않아서, 항상 사라져버리고 마는 인간 행동의 현재적인 맥락에 불과할 뿐이다. 언어는 의식과 인식에다 동시에, 명명, 명확성, 결정성을 가져다준다. 이름은 대상을 창조한다. 이름만이 변덕스러운 현상을 넘어 대상에 도달한다. 그러나 이름은 개인적 현존도 창조한다. 또한 세계 속의 대상들은 정신 상태와 대응하는데, 거기에서는 지시만으로도 내적인 혼동을 해소시켜준다. 우리들은 이렇게들 말하곤 한다. "나는 아프다." 또는 "나는 사랑에 빠졌다.", "나는 소심하다." 또는 "나는 인색하다." 이런 말은 수수께끼의 해답을 찾는 것, 개인적인 불확실성의 수수께끼에 대한 해답을 주는 것이고, 그것을 통해 이미 그 불확실성을 넘어서는 것이다. 언어활동은 우리에게 현재를 넘어 과거를 설명하고 미래에 참여하게끔 해주는 끈질긴 본성을 창조해준다.

파롤은 인간의 본질과 세계의 본질을 구성한다. 게다가 각각의 문장은 있는 그대로 주어져 있지 않은 세계 속으로 우리를 단번에 나아가게 해주지만, 그러나 그 자체는 축어적으로*mot à mot* 구성되어 있는 것처럼 보인다. 가장 무의미한 표현도 이 지속적인 재구성 작업에 공헌하면서 말이다. 어린아이가 터득한 각 낱말이 그의 세계를 확장하는 것과 같이, 어른에게 있어서도 파롤의 사용은 계속해서 실존에 공헌한다. 전통적인 이론들은 언어를 세계에 대한 일종의 정신적인 복사물로 본 점에서 과오를 범했다. 마치 담론의 세계가 사물의 세계 바깥에 존재할 수 있었을 것처럼, 마치 말들이 우리가 세계를, 그 본래적인 현실성과 분신la chair de la chair을 붙잡을 수 있는 전부가 아니었던 것처럼 말이다. 세계는 우리들 각자에게 파롤의 차원에서만 우리에게 폭로될 뿐인 하나의 의미체로서 나타난다. 언어는 현실이다. 사르트르가 생생하게 말했던 것처럼, "그 안에서 인간은 안락하게 살아간다. 그는 …이 아니다." 이 '따분한 손실hémorragie monotone'을 멈추기 위해서 인간은 자신을 한정하고 자신을 규정하는 것을 감수해야 한다. 다시 말해 의미와 존재의 세계인 말의 세계 속에서 그에게 국적, 직업, 사회 계급을 부여하는, 간단히 말해 그의 '상황'을 부여하는, 일정 수의 명칭을 받아들이지 않으면 안 된다. 그렇지 않으면 그는 "배수구에서 소용돌이치면서 빠져나가는 오물"로 남아 있을 뿐이다.(『상황』 I, N. R. F., 1947, 218쪽)

명명한다는 것은 창조하는 것이며, 무에서 끌어내는 것이다. 명명되지 않는 것은 어떤 방식으로도 존재할 수 없다.

자기의 정체를 드러내기를 기피한 구약성서의 신도 인간적인 파롤의 세계 안에서 '야훼'라는 이름으로 표시하는 것을 승낙해야 한다. 니체도 아주 올바르게 천재적인 인간은 통상적으로 '명명하는 자들'이라고 말했다. 천재성은 "만인이 사물을 목전에 두고 있음에도 불구하고 아직 이름을 지니지 못한 사물을 보는" 데 있다.(『즐거운 지식』, §261) 뉴튼은 만유인력을 창조하고, 베르그손은 직관을, 칸트는 초월적 의식을 창조한다. 아인슈타인이 상대성 이론을, 현대 물리학자가 전자를 창조했던 것처럼 말이다.

명명하기는 존재권을 주장한다. 사물들과 존재들을 만드는 것은 말들이고, 그에 따라 세계 질서를 이루는 관계가 결정된다. 우리들 각자에게 있어 세계 속에 위치한다는 것은 환경 속에 각 사물의 자리를 주는 말의 그물망과 함께 평화롭게 지내는 것이다. 우리들의 **생활공간**은 파롤의 공간이고, 각 이름이 문제를 해결해주는 평화로운 영토이다. 인간관계 자체가 서열과 예절에 의해 마련된 리듬에 따라 사람들이 주고받는 광대한 말들의 체계인 것처럼 보인다. 사회질서는 올바른 명명 규칙에 의해 정의된다. 거기에서의 모든 불일치, 모든 일탈은 곧 부조화의 표시인 것처럼 보인다. 만일 내 아내, 자식들, 친구들, 학생들, 상관과 부하가, 내가 그들 각자에게 기대할 권리가 있는 명칭들을 내게 더 이상 주지 않는다면, 불안이 생겨날 것이다. 소동이 일어날 위험이 있거나, 또는 정신적인 소외가 일어날 위험이 있다. 언어에 대한 불안은 항상, 질서의 회복을 요구하는 또는 새로운 질서의 확립을 요구하는, 인간의 분리, 세계와의 단절을 동반한다. 말에 질서를 준다는 것은 사고에 질서를 주는 것이고 인간들에게 질서를 주는 것이다. 우리들은 저마다 가족의 일원, 당원, 전문기관의 구성원, 국가와 국제 사회의 시민으로서, 중국의 황제들이 이미 아주 뚜렷하게 의식했었던, 그런 올바른 명칭을 확보하는 일에 종사하고 있다.

우리들 각자에게 있어 언어는 세계 창조를 동반한다. 언어는 이 창조의 장인이다. 파롤을 통해 인간은 세계로 들어오고, 파롤을 통해 세계는 사고로 들어온다. 파롤은 세계의 존재, 인간 존재, 사고의 존재를 표출한다. 부정적인 파롤이든 기만적인 파롤이든, 모든 파롤은 사고와 세계의 지평임을 증언한다. 모든 파롤은 세계의 창조, 인간의 창조, 인간으로 불려옴을 증언한다. 언어는 사물의 의미에 따라 사물들을 조망한다. 바로 그 때문에 언이는 우리에게 불리학뿐만 아니라 바로 현실의 초−물리학(형이상학)도 보여준다. 그것은 항상 현실의 표면적인 그리고 물질적인 면을 넘어서 총체적인 인간적 현실에 따른 배치를 전제로 한다. 훌륭한 직관은 어떤 존재론에서 발생된 초현실적인 것에 호소함으로써 존재 주장affirmation d'existence의 방향을 결정하고 존재 주장을 정당화한다. 언어는 우리에게 도달할 수 없는 존재에 대한 화폐처럼 주어진다. 언어는 사물에 의해, 인간에 의해, 신에 의해 보증된 만남의 기호이고, 인간 의식 안에서의 실제적인 것과 참된 것의 상호 충성을 보여주는 기호이다.

불행하게도 이 언어의 신격화는 곧 의문시되기에 이른다. 말들이 존재에로의 접근을 명령한다 해도, 말의 이쪽에도 저쪽에도 아무것도 없다는 것이 사실이라면, 파롤이 종종 의심스럽고 무가치하게 보이게 되는 것은 어찌할 것인가? 원리적으로는 인간 존재l'être의 화폐이지만, 너무 자주 위조화폐라면 말이다. 따라서 언어 존재론이라는 이념은 곧바로 거짓mensonge이라는 반론에 부딪친다. 파롤이 목적상 진리의 담지자일 경우에나 분명히 의미가 있을 뿐이라고 하는 반론에 부딪치는 것이다. 사실상, 정신생활은 통상 언어의 습득과 더불어 시작되는 것이 아니라, 일단 습득된 언어에 대한 반항과 더불어 시작된다. 어린아이는 주위 사람들이 그에게 말했던 기존 언어를 통하여 세계를 발견한다. 어른은 그가 그때까지 맹목적으로 의탁해왔던, 그리고 위기에 닥쳐서 신뢰성을 모두 빼앗긴 것으로 나타나는 언어에 대한 반항에서 의미들을 발견한다. 참다운 인간은 모두, 언어가 소박한 확신에서 항의로 이행하게 만든다는 사실을 알아차리는 가운데 이 위기를 인식하였다. 실망한 혁명가들은 외친다. "자유, 그대의 이름으로 범죄를 저지르는 자유." 후회하는 낭만주의자는 단언한다. "자연, 이 말과 함께 우리는 모든 것을 다 잃어버렸구나." 패배한 브루투스는 자살하기에 앞서 "덕이여, 그대는 이름뿐이노라."라고 부르짖는다. 절망스런 냉철함의 영웅인 햄릿은 이 모든 환멸을 표현하는 경구를 날린다. "말이여! 말이여! 말이여!" — 말들, 말들, 말들 ….

　햄릿의 극단적인 반항은 어쩔 수 없이 그를 죽음으로 몰고 간다. 언어를 부인하는 것은 현실의 의미를 잃어버리는 것이다. 덴마크의 왕자는 숨을 거두는 순간 그저 이렇게 말할 것이다. "남아 있는 것은 침묵이다." 담론의 세계에서의 포기를 잘 나타내는 이 의미심장한 마지막 파롤은 생존의 포기와 같은 것이다. 게다가 이 항의는 조금 덜 찬 형태로도 드러날 수 있다. 그것은 통상 새로운 세계 내 존재가 현실화되는 하나의 시간moment으로서 나타난다. 비판의 시간 그리고 자기에게로 복귀하는 시간, 사고와 행동의 새로운 출발의 시간, 이런 시간은 자신의 희생물이 된 자에게 이런저런 일상어의 의미를 말해보라고 요구하면서, 풍자적으로 질문하는 자인 소크라테스의 시간이다. 쾌활한 스핑크스 같은 인물이 파놓은 함정을 보지 못한 채 대화 상대방은 통상적인 정의를 제시하면서 응답한다. 그러나 소크라테스는 상대방이 내어놓은 개념이 불충분하다는 것을 어렵지 않게 드러내 보인다. 소크라테스는 능숙한 논쟁술을 통해 상대방을 자기모순에 빠지게 하여, 그를 불일치에서 화해로, 환상적인 상식에서 올바른 양식으로 인도해가려고 한다.

소크라테스의 우화는 언어의 시험이 마땅히 지닌 올바른 가치를 보게 해준다. 기존의 파롤은, 우선 쓰일 때는, 무비판적으로 우리들의 지지를 받는 합의된 의미를 내어준다. 따라서 일상 언어의 낱말은 모든 시사성actualité을 탈취당한, 즉 모든 가치를 탈취당한, 모두의 것이자 누구의 것도 아니다. 우리가 보았듯이 낱말은 인간과 세계의 상호 약속에 그 기원을 두고 있었다. 그러나 낱말은 그 직접적인 경험의 맥락에서 해방되려는 경향이 있다. 비록 말이 상황의 의미일지라도, 그것은 상황과 독립된 가치를 가지는 것이고, 비록 상황이 주어져 있지 않더라도, 행위를 크게 절약할 수 있게 해주면서, 상황의 약속과 같은 것이다. 동시에 인간적 현실인 파롤은 이 현실의 부재를 은폐한다. 파롤은 결석한 현실이다. 파롤의 차원에서만 진리가 있다. 그러나 거짓은 진리와 동행하며, 우리가 일상 생활에서 발언하는 많은 좋은 말들은 거짓말이고, — 인간 혐오자의 항의가 어려움 없이 보여주는 것처럼 — 우리가 느끼지 못하는 공감, 후의, 관심의 증언이다.

따라서 인간 존재의 진정성을 증언하면서도 언어는 또한 인간 존재의 위조물이기도 하다. 평범한 의미는 낱말의 고유한 의미를 둔화시킨다. 각 사람의 낱말은, 반짝이는 새 화폐가 일단 유통되면 더러워지는 것처럼, 그 의도를 잃어버리고 점차적으로 손상되어버림으로써만 일상 낱말이 된다. 가치와 일치하기는커녕, 낱말은 이름표에 지나지 않게 될 뿐이다. 그것은 좀 더 직접적인 표현의 길을 회피한다. 라티움의 시인 은 이렇게 말했다. sunt verba et voces, praetereaque nihil. 말들과 표현formule들이 있을 뿐, 그 외에는 아무것도 없다. 파롤에서 그 실체성과 효력을 빼앗아 버리는 이 타락 때문에 존재의 퇴적이 가능해지고, 그로 인해 어떤 반항을 정당화시켜주는 것이다. 왜냐하면 언어를 현금인 양 생각해서, 파롤에 의해 존재하지도 않는 가치로 향하는 사람은, 그에게 술수를 부리는 사람에게 쉽게 속는 사람이 될 것이고, 허를 찔린 그의 선의는 이후에 어디서나 악의만 보게 될 뿐이기 때문이다.

더욱이 언어의 침탈은 오직 말의 사회적 타락에만 또는

우리 대화 상대방의 신뢰를 속이는 데에만 있는 것이 아니다. 좀 더 심한 것으로서 언어는 그 자신의 눈으로 자기를 왜곡시키는 하나의 영사막처럼, 각각의 사람과 그 사람들 자신 사이에 끼어든다. 인간의 내적인 마음은 사실 혼란스럽고, 불분명하며, 또 복잡다양하다. 언어는, 우리를 주변 사람들과 맞추기 위해서, 모두의 공통적인 척도에 우리를 맞추기 위해서, 우리에게 우리 자신을 수용하도록 마련된 하나의 힘처럼 개입한다. 언어는 우리를 정의하고, 우리를 완성하고 우리를 한정하고, 우리를 결정한다. 언어가 의식에 행사하는 지도는 존재의 복수성과는 반대되는 것으로서, 한결같이 빈곤하기는 하지만, 의식을 소유l'avoir의 공범자로 만든다. 우리가 언어에 의지하지 않을 수 없는 한, 우리는 우리들의 내적인 삶을 포기한다. 왜냐하면 언어는 외재성의 규범을 부과하기 때문이다. 그러므로 파롤의 사용은 의식의 불행의 본질적인 원인이며, 더군다나 우리가 따를 수밖에 없는 가장 본질적인 것이다. 브리스 파랭은 이 점을 강하게 강조하였다. "매 순간, 각각의 의식은 자기가 인식해 왔던 그리고 거역하려야 거역할 수 없었던 일부 어휘를, 이제는 더 이상 자기의 것이 아니기 때문에 파기한다. 그러나 곧 의식은 재차 사라지게 될 다른 단어를 재창조한다." 그렇기 때문에 이 작가에게 인간 조건은 '일반화된 반항의 조건이자 자살의 조건'인 것처럼 보인다.(문집 『실존』 중에서 「언어와 실존」, N. R. F., 1945, 165쪽.)

이 격렬한 반발은 어떤 천진난만함에서 벗어나지 않은 아름다운 영혼을 보여준다. 언어가 주위 문화 속에 침전된 일정 수의 가치valeur를 전제하고, 그 가치가 순수하게 외부적으로 주어진 것으로 있는 동안에는 화석의 상태로 머물러 있다는 것은 사실이다. 그러나 진정한 가치는 사물에 있지 않다. 공통적인 의미로 응결되어 있는 정신성은 의식에 방향을 강요할 그 어떤 실질적인 권리도 소유하지 못한다. 모든 가치 확인은 개인적인 주도 행위를 내포하며, 또한 의식에 의한 언어 요소의 재발견을 내포한다. 이 의식이 언어 요소를 재발견하고, 이 의식만이 그것들의 진정성을 증명할 수 있는 것이다. 여기서 속는 자는 무엇보다도 먼저 자기 자신에 의해 속는 자이다. 그는 아직 정신적인 성년에 도달하지 못했다. 위기는 성년으로 격상해가는 신호이다. 위기는 사람들이 스스로 일상 언어라는 움직이는 모래보다 더 굳건한 토대를 찾는 데 성공할 때 해결된다.

따라서 언어에 대해 힝의하는 것은 언어에 잘 속고 있다는 것이고, 언어가 가지고 있지 않은 역량을 언어에 그릇되게 인정하는 것이다. 그리고 이 저항 자체는 아마도 불성실mauvaise foi을 피해가지는 못하는 것일 듯싶다. 언어를 비난하는 것은 보통은 타인을 두고 항의하는 것이다. 즉, 이 기존의 타락에 책임이 있는 것처럼 생각되는 타인을 비난하는 것이다. 하지만 이 잘못은 항상 나누어 가지는 것이다. 항의하는 사람이 그렇게 순수한 것은 아니다. 그것은 파롤을 지키지 않는 타인들뿐만 아니라, 무엇보다도 오해가 만연한 사회에서 타인들과 관계 맺고 있는 사람들, 즉 사회에 참여하고 있는 모든 사람들의 집단적인 작품인 것이다. 따라서 타인과 그들의 말을 고발하기보다는 차라리 그 반항을 반대쪽으로, 말하자면 자기 자신을 확실하게 적극적으로 표명하는 쪽으로 가는 것이 더 적절하다.

다시 말해서, 언어는 그 어느 누구도 정당화시켜줄 수 없다. 각자는 저마다 고유의 말mot propre을 탐색해감으로써 자기의 언어에 대해 책임을 져야 하는 것으로 보인다. 파롤의 객관적인 또는 사회학적인 존재론은 개인적인 존재론으로 대체되어야 한다. 담론은 우리들 각자를 진정성 있게 만들어야 할 의무가 있는 인간 존재의 증명일 뿐이다. 말이 거짓말을 하는 것이 아니라 인간이 거짓말을 한다. 나는 파롤과 함께 인간 존재의 행위를 수행하는 것이 아니라 오직 나 자신과 함께 그리고 나 자신의 충실성과 함께 인간 존재의 행위를 수행한다.

파롤에 본래 마술적 효력이 있다고 보는 유아적인 개념은, 언어란 인간에게 있어서 존재에 도달하기 위해, 다시 말해 자기의 운명을 방향 짓는 결정적인 가치에 이르기 위해, 물질적이고 정신적인 장애물을 넘는 길을 개척하는 특권적인 수단이라는, 보다 어려운 개념으로 대체된다.

따라서 인간의 파롤은 초월적 목적, 신의 말씀이나 집단의식을 위해서 사전에 그것을 소외시켰을 결정론에 종속되지 않는다. 유일한 목적은 인간의 총체적인 행동 속에서 존재와 행동의 일치를 보장해줄 필연성인 내재적인 목적이다. 죽은 랑그는 이미 오래전에 죽은 부재하는 가치에 호소하고, 살아 있는 파롤은 고생스러운 정신생활의 욕구를 인정한다. 살아 있는 파롤은 단번에 모든 것이 완성된 닫힌 체계가 아니라, 끊임없는 재생의 노력인 것이다. 작가에게 있어서도 그런 것처럼 모든 사람에게 있어서도 고착된 랑그는 부패의 신호이다. 마찬가지로 실존 자체의 마지막 순간 앞에 있는 개인적인 확언에서 결정적인 말*dernier mot*이라는 것은 존재하지 않는다. 이런 존재의 추구에서 언어의 본질이 표출된다. 그것은 세계를 드러내려는 과제를 가진 인간 본성과 긴밀하게 연결되어 있다. 그 과제는 엄격하게 실현될 수는 없지만 그럼에도 불가결한 것이다. 파롤의 최종 의미는 도덕적인 차원에 있다. 윤리학만이 말하기 활동에 접근하는 다양한 방식들을 통일시킬 수 있다. 파롤은 진정으로 인간을 세계로 나가게 하면서, 인간의 초자연적인 힘을 표출하고, 인간 자신과 세계에 의미를 준다. 파롤은, 정신적 혼동으로부터 인간적 현실로 넘어가는, 그리고 무질서한 인상, 사물, 가치로부터 성숙한 긍정의 근본적인 통일로 넘어가는 그것의 창조적인 힘 또는 무능력 등, 각각의 인격이 할 수 있는 것을 표출하는 대작이다.

# 6장 만남으로서의 파롤

인간은 세계를 존재하게 한다. 그리고 아마도 세계는 자기를 풍부하게 표출하기 위해 인간의 폭로를 기다린다는 점에서, 세계가 인간을 부른다고 부언할 수도 있을 것이다. 그러나 인간과 세계의 이 상호성은 그것만으로는 언어가 출현하는 본래적인 상황을 구성하지 않는다. 인간은 세계를 말하지만, 그러나 인간은 세계에게 말하지 않는다. 혹은 인간이 세계에게 말을 건다면, 이는 세계가 인간을 위해 새로운 형태의 분신alter ego 역할을 하기 때문이다. 세계는 타자가 되기 위해, 대화의 응답자가 되기 위해, 예컨대 시인이 불러내는 자연의 여신이 되기 위해 인격화되었다.

따라서 언어에 대한 이해는 자아와 세계라는 대립된 두 용어에 한정되어서는 안 된다. 제3의 용어가 필요한 것으로 보이는데, 그것은 나의 파롤이 말을 거는 타자이다. 나는 혼자가 아니기 때문에 말을 한다. 내면적인 말하기인 독백에서조차도, 나는 나 자신을 타자로서 가리키고, 나의 의식을 나의 의식에 소환한다. 언어는 그 아주 초보적인 형태에서부터 그 자신 밖에 있는 인격적인 존재의 거동을 인정하고 있다. 웃고 있다가도 곧 우는 아기는 응답해서 도와줄 주변 사람을 부르는 것이다. 인간 존재는 그 자신에만 한정되어 있지 않다. 그의 신체 윤곽은 구획선을 표시하기는 하지만 결코 절대적인 경계가 아니다. 타인의 현존은 경험과 추론을 하고 난 후 뒤늦게 일어난 결과인 것처럼 보이지 않는다. 지성적으로도 물질적으로도 타자는 각자에게 실존의 한 조건이다. 따라서 복수적인 개인들, 인간 존재의 탈중심화décentration는 체험된 의식에 본래부터 주어진 것처럼 보인다. 인류 진화의 초기 단계에서 원시인은 자신을 자율적인 개인이라고 생각하지 않는다. 그는— 전체와 떨어진 하나가 아니라 전체와 함께하는 하나로서— 부족의 거대한 생명적 리듬에 몸을 맡기는, 소위 참여에 붙잡혀 있다.

본질적으로 언어는 다수의 옥수수 알갱이처럼 있는 것이

아니다. 언어는 사이에 있다. 언어는 관계적인 인간 존재를 표현한다. 정신 생물학적인 실재가 공동 목적을 미리 가지고 있는 것과 마찬가지로, 감각 운동 기관들은 모든 행동을 그 위에 근거시킬 세계 도식을 미리 예상한다. 언어가 점차적으로 정교화되어 가면서, 언어는 출발점에서부터 의사소통을 강화하고 증식시킨다. 의사소통을 통해서 언어는 참된 세계인 새로운 세계를 만든다.

따라서 새로운 상황이 확립된다. 우주를 점유하는 자아의 창조적인 주도 행위는 그 자체가 의문시되게 될 것이다. 자아는 자체만으로는 존재에 이르는 길을 절대로 개척하지 못한다. 왜냐하면 자아는 타자와의 상호 관계에서만 존재할 뿐이기 때문이다. 고립된 자아는 사실상 하나의 추상일 뿐이라고 말할 수밖에 없다. 다시 말해서 어떤 사람도 언어를 창조하지 못했다. 그리고 물론 옛날의 지혜가 이 창조의 특권을 신에게 부여했던 것은 막연히 그럴 것이라고 느꼈기 때문이다. 모든 언어는 먼저 수용되는 것이다. 어린아이는 음식을 받아먹는 것처럼 기존 사회의 언어를 받아들인다. 우리가 먼 역사 속으로 거슬러 올라간다 해도, 언어의 근본적인 기원은 빠져나간다. 말들은 개인적인 의식에 확정된 의미를 제시하거나 부과하는 것인데, 이 개인적인 의식이 출현하기도 전에 말들은 이미 있다. 의미를 탐색하는 것은 말의 매개에 의해, 사용하는 법을 배워야 하는 장비처럼, 말을 통해서인 것이다.

파롤보다 먼저 항상 랑그가 있었고, 언어 — 주체보다 먼저 타자로 이루어진 현실 자체인 언어 — 대상이 있었다. 그리고 이 타자들이 어린이를 학습시키는 것이다. 여기서 언어는 하나의 세계이다. 그보다 정확히 말해 언어는, 앙리 드라클루와가 말했듯이 '언어 낙서griffonnage verbal'인 종알거림으로부터 분절된 파롤로 이행해 가면서, 한마디 한마디씩 찾아가야 하는 하나의 세계이다. 원시적인 정신적 혼동으로부터 조금씩 권위 있는 어른들에 의해 가리켜진 대상과 의미가 추출될 것이다. 게다가 그 어른 자신의 현존도 이 간접적인 길을 통해 어린이에게 알려지게 될 것이다. 자신을 대상들 세계 속의 한 대상으로서 위치시키는 데에는 오랜 시간이 걸릴 것이다. 그리고 그가 앞으로 자기의 개인적인 실재를 의식하는 것은 이 타자의 모델에 의지해서인 것이다. 그는 일인칭에 이르기 전에 자기에게 삼인칭으로 말한다.

출발점에서부터 언어는 자아와 타인 간의 만남의 경계선을 표시한다. 그리고 말을 하기에 앞서서 기존의 말을 받아들이지 않을 수 없기 때문에, 언어는 오랫동안 자아가 타인에게 의존하고 있다는 것을 정당화해 줄 것이다. 게다가 일상적 의미와 개인적 주도 행위 간의 세력 투쟁은 결코 그치지 않을 것이다. 그것은 인간 파롤의 사용 한계를 정의해준다. 만일 내가 말을 한다면, 그것은 나 자신보다는 타자를 위해서 말하는 것이다. 나는 타자에게 말을 걸기 위해, 나 자신을 이해시키기 위해 말을 한다. 파롤은 여기서 이음줄*trait d'union*과 같은 것이다. 그러나 타자가 나를 이해하기 위해서는 나의 언어는 그의 언어이어야 한다. 그것은 나보다 타자에게 더 우선권을 주어야 하며, 이해되면 될수록 그것은 더욱더 공통분모이지 않으면 안 된다. 타자들은 나에게 말하는 것을 가르쳤고, 나에게 파롤을 주었다. 그러나 그렇게 함으로써 타자들은 아마도 나의 원래의 목소리를, 약하면서도 느리게 자유로워지는 원래의 목소리를 억눌렀을 것이다. 언어, 그것은 타자라고 말하는 것은, 우리가 어린 시절부터 기존 언어의 강요된 상투적 표현에 복종해서 갇혀 지내고 있다는 것을 다시 긍정하는 것이나 마찬가지이다. 우리가 보았듯이 파롤의 발명은 인류의 지배권을 확립해주었는데, 일종의 역설적인 전도에 의해, 개인은 파롤의 이 휘황한 발명의 이점을 빼앗긴 채로 있다. 외견상으로 그것은 모든 사람의 발명이지만, 그러나 어느 누구의 고유한 발명도 아니다. 그것은 우리들 각자에게 발걸음을 맞추게 함으로써, 타인과 강제로 동조하게 함으로써 나타났던, 말하자면 결정적인 소외에 의한 발명인 것이다.

따라서 인간 파롤의 근본적인 이율배반은 타인에 대한 탐색이면서 동시에 주체의 주장인 깃으로 표현된다. 한편으로 언어에는 표현적 기능이 있다. 나는 나 자신을 이해시키기 위해 말을 한다. 또한 나는 현실에 이르기 위해서, 나 자신을 자연에 포함시키기 위해서 말을 한다. 다른 한편 언어에는 의사소통적 기능이 있다. 나는 타인에게 다가가기 위해 말을 하고, 내가 나만의 것을 더욱더 내려놓으면 놓을수록 그만큼 완전히 나 자신을 그들과 결합시킬 것이다. 표현과 의사소통이라는 이원적인 극은 일인칭과 삼인칭 간의 대립, 개인적 주관성과 상식적 의미의 객관성 사이의 대립에 상당한다. 이 이원성은 인간 파롤의 사용을 분열시키는 것처럼 보이며, 또 그 결함을 인정하는consacrer 것처럼 보인다. 왜냐하면 파롤은 결코 그 구심적이고 원심적인 역할을 동시에 충족시킬 수 없기 때문이다. 파롤이 모든 사람에게 모든 것을 말할 수 있는가?

많은 사상가들이 이 분열의 이런저런 면을 받아들였고, 표현과 의사소통이 반비례로 작용한다는 것을 어쨌든 얼마간 분명하게 인정하였다. 만일 내가 사람들에게 이해받고 싶다면, 나는 만인의 언어를 사용해야만 하며, 따라서 나로서는 나를 모든 사람과 다르게 만드는 것을 포기해야만 한다. 그것이 통계적인 탐구에 의해 만들어진, 수백 단어로 된 언어인 기초 프랑스어 사업의 의미이다. 그 언어는 어떤 프랑스인이라도 이해하는 것을 어떤 외국인이라도 아주 빠르게 이해하도록 해주는 언어인 것이다. 가장 공통적인 언어는 하나의 보편적인 암호mot de passe로 표현된다. 사실 가장 난해하게 글을 쓰는 작가도 모퉁이의 식료품 상인이나 버스표 검사원에게 말을 걸 때에는 그의 어휘와 스타일의 기교를 포기한다. 말라르메가 편지 봉투에 주소를 대신하는 멋진 4행시를 썼을 때, 그는 자기의 시로 된 수수께끼 말을 해독할 수 있는 특별한 선의의 우체부를 상상했었다. 그러나 모든 우편 이용자가 이와 똑같은 짓을 한다면, 아마도 이 공공 서비스는 아주 빠르게 그 기능을 상실하고 말았을 것이다. 극단적인 경우에 내가 모든 면에서 내가 꾸며낸 완전히 개인적인 언어를 사용한다면 ─ 파뉘르 주가 팡타그뤼엘과 처음 만났을 때 연달아 사용한 14개의 랑그 중 3번째 랑그처럼 ─ 아마도 분명히 나는 아주 기발한 표현을 발하게 될 터이지만, 어느 누구도 나를 이해하지는 못할 것이다. 이것은 어떤 정신병자의 경우와도 같은 것인데, 정신병자의 파롤들은 일상 언어와는 이질적이어서 그것을 말하는 사람에게만 의미를 가질 뿐인 것이다. 마찬가지로 힌두 브라만교도가 그에게는 존재 자체의 현현을 축약하고 있는 옴*Om*이라는 신비한 음절을 발음할 때, 그것이 모든 것을 말한다고 하지만, 사실은 아무것도 말하고 있지 않은 것이다.

따라서 파롤의 사용은 우리에게 대립된 두 형태의 소외 사이에서 선택할 것을 강요하고 있는 것처럼 보인다. 미친 사람이나 신비주의자처럼 어느 누구도 말하지 않는 것처럼 말하거나, 아니면 기초 언어의 추종자처럼 모든 사람이 말하는 것처럼 말하거나이다. 두 경우에는 개성의 의미마저 없어진다. 내가 의사전달을 잘하면 잘할수록, 그만큼 나는 나 자신을 덜 표현하게 되고, 내가 나 자신을 잘 표현하면 할수록, 그만큼 나는 의사소통을 덜 하게 된다. 몰이해와 비본래성 사이에서 ― 자기 파문*excommunication*이나 자기 부인 중 어느 하나를 ― 선택하지 않으면 안 된다.

이 딜레마는 임의적인 것이 아니다. 많은 뛰어난 철학자들이 한쪽에 찬성을 표명하기도 하였고, 또는 다른 쪽에 찬성을 표명하기도 하였다. 잘 알다시피 예를 들어 베르그손의 사상은 한편으로는 언어에 의해 오염되어 사물들 중의 사물이 되어버리고 마는 피상적인 자아를, 다른 한편으로는 말로 다 표현할 수 없는 매력이자 모든 표현에 저항하는 본래적인 사유, 신비의 토로, 순수시인 심원한 자아와 대립시킨다. 의사소통은 표현을 죽인다. 구원은 일종의 전환에 있다. 우리는 자신을 생생한 영감으로 가득한 의미와 일치시키기 위해 언어를 포기하고, 상식적 의미로 기하학화된 실존의 습관을 버리지 않으면 안 된다. 그러한 것이 영웅과 성자의 본질적인 성실성이다. 기존 언어에 대한 비난에 입각한 베르그손적인 직관에 반대하여, 뒤르켐은 집단 표상으로 표현되는 것으로서, 상식적 의미의 권위를 긍정한다. 뒤르켐은 자율적인 심리적 실재란 존재하지 않는다고 하는 오귀스트 콩트의 주장을 다시 찾아낸다. 인간은 사회에서 모든 교육을 받는 생물학적인 존재이다. 개인은 그 모든 긍정적인 현존을 빼앗긴 하나의 추상물일 따름이다. 공동체가 우리를 존재하게 한다. 공동체가 우리에게 언어와 함께 그리고 언어 속에서 개념들과 도덕 규칙들을 준다. 따라서 우리의 의무는 무조건적으로 복종하는 데 있으며, 개인의식을 이런 사회적 방향과 긴밀하게 접착시키는 데 있다. 자기 자신으로의 복귀, 표현적 의도는 과오와 범죄의 길로 인도하는, 몰아내야 할 유혹인 것처럼 보인다.

더구나 베르그손과 뒤르켐의 대립은 다른 사상가들에게서도 다시 발견된다. 이 두 대가의 제자인 샤를르 브롱델은 베르그손의 순수 자아를 정신분열적인 병적 인격과 동일시하면서 이 두 학설을 화해시키려고 노력하였다. 정신분열에서 소외는 바로 언어의 사회 계약의 파기에 있다. 파롤은 우리를 탈개성화시키거나 비개성화시키지만, 이는 우리의 행복을 위해서이다. 다른 한편, 브렁슈비크와 알랭과 같은 지성주의 철학자들은, 큰 사회la Société가 아닌 큰 이성la Raison의 영험한 작용 덕분에, 언어를 내재성에 대한 외재성의 우위를 보여주는 유익한 도구를 본다. 자기 자신에게 빠져 있는 인간은, 그리고 멘느 드 비랑, 아미엘, 몽테뉴같이 자기의 내면적 존재의 변화를 표현하려고 했던 사람은, 결국 그의 체감증cénesthésie의 리듬에 스스로를 조정하기에 이르고, 그의 애가cantilène는 그의 내장 상태와 다른 것을 의미하는 것이 아니다. 성숙성virilité은 이런 기질의 독백에서는 존재하지 않는다. 성숙성은 사람들이 모든 자기만족을 포기하고, 객관적 지혜의 공동 조직에 공헌하기 위해서, 그 일에 투신할 것을 요구한다. 그런 모델은 과학의 합리성과 보편성에 의해 우리에게 제공된다. 여기서 언어는 제1 원인인 것처럼 보인다. 만일 우리가 언어에 복종하는 법을 안다면, 다시 말해 이해할 수 있는 규범에 따라 행동하기 위해서 내면적인 산만과 혼동에서 빠져나오게끔 언어가 우리에게 제시하는 권유를 발전시키는 법을 안다면, 언어는 그것과 함께 우리를 이성적이게 하는 의식의 통제를 가져다줄 것이다.

이런 다양한 학설들은 언어의 결투장에 인간의 전 운명을 건 논쟁을 토해낸다. 그 학설들에 따르면, 우리는 표현과 의사소통 사이에서, 외재성과 내재성 사이에서 선택해야 한다. 이 선택이 사상가들로 하여금 인간의 특수성을 인식하지 못하게끔 만드는 한에서, 정확히 말해서 오류의 근원인 것처럼 보이는 것은, 생살까지 도려내고 마는, 이 선택해야 하는 의무이다. 개인은 서로 다른 항목에 배속된 채로 나뉘어져 있다. 생의 약동인 생물학적 자아, 사회적 자아, 이성적 자아 등으로 말이다. 우리들은 이 요소들 중 다른 요소들은 배제하고 어느 한 요소의 입장을 표명하도록 권유받는다. 사람들이 이 중 어느 쪽에 가치를 두든지 간에, 하부구조에서 상부구조로의 이행과 같은 것이 있어서는 안 되는 것이다. 그렇기 때문에 모든 검열에도 불구하고, 우리는 그 무시된 요소가 항상 영향을 미친다는 것을 느낀다. 지성주의자에게는 생명적인 것의 나쁜 의식이, 생명주의자에게는 지성적인 것의 나쁜 의식이, 사회주의자에게는 개인적인 것의 나쁜 의식이 영향을 미치고 있듯이 말이다. 그럼에도 불구하고 원리적으로는 인간적 통일이 먼저 주어져 있다. 인간은 사회와 이성을 거부하는 집단의식이거나 이성적 존재이거나 순수 자아이다.

사실상 각 인간은 이 모든 것의 총합이다. 구체적인 개인은 스스로 이 다양한 세력 사이에서 평형을 실현한다. 그리고 파롤은 실현 과정에서의 이 평형을 동시에 순수 자아의 표현,

사회적인 것과 이성적인 것의 참여라고 표현하는 것이다. 이런 관점에서 자아 대 타자라는 기존의 대립은 대단히 불충분한 것처럼 보인다. 게다가 그것은 대중의 독재에 대한 일반 개인주의자의 불평을 되풀이한다. 타자들은 나를 나 자신이지 못하게 만든다. 타자들은, 예컨대 무정부주의자 막스 스티르너가 주장하는 것처럼, 내 존재의 충실한 실현을 방해한다. 공동체는 **사람들**이 나를 그 안에 잡아 가둔 감옥이다. 그렇기 때문에 나는 나 자신으로 존재할 수 없으며, 내가 자신을 버리지 않는 한 편안하지 못한 것이다. 그래서 그 자신을 충실하게 긍정하기 위한 사람들의 성채인, 문학이나 철학과 같은 상아탑의 주제는 인간 전체를 괄호치고, 고독 속에서 참된 표현을 찾기에 열중하는 것이다.

　이 대립의 오류를 보여주기란 아주 쉽다. 페리구르뎅 탑에 은거해 있지만, 몽테뉴는 혼자가 아니다. 왜냐하면 그의 탑은 도서관이기 때문이다. 그리고 그가 즐거워했던 자기에 대한 탐구는, 그가 그렇게 하기로 정해 놓은 것임에도 불구하고 타인에 대한 탐구이기도 했다. 그는 이렇게 말한다. "의사소통을 하지 못하고 있는 나에게는 그 어떤 쾌락도 즐겁지 않다. 쾌활한 생각조차도 마음속에 떠오르지 않는다. 홀로 그런 생각을 해낸다는 게 나를 화나게 하고, 그런 생각을 전해줄 사람도 없어서 말이다."(『수상록』 III, 9) 데카르트는 난롯가에서 겨울을 나면서 전 인류와 좀 더 완전히 통합되기 위해서 자신을 떼어놓았을 뿐이다. 또 다른 은둔자인 비니는 멘느-지로 탑에서 그에게 걸맞은 친구를 부르는 신호로 바다로 병을 던질 것이다. 병약한 프루스트는 꽉 밀폐된 자기 방에 틀어박혀 있지만, 그 자신은 노아를 두고, 방주가 닫혀 있고 땅에 어둠이 깔렸음에도 불구하고, 그가 한층 더 방주 속이라기보다는 세계 속에 있을 따름이었다고 말했다. 끝으로 완전한 무정부주의자인 스티르너도 개인의 이름으로 대중에 항변하기 위해 하나의 책을 쓴다. 그러나 그 책의 출판 자체는 대중을 전향시키기 위한 노력을 보여주는 것이다…. 따라서 작가와 사상가가 은둔한다 해도, 그것은 홀로 있기 위해서가 아니다. 은둔은 하나의 부재가 아니라, 오히려 진실한 현출présence에 대한 탐구이다. 비본래적인 의사소통에 대한 비난은 본래성을 향한 불안한 노력의 다른 한쪽, 부정적 양태일 뿐이다.

따라서 표현과 의사소통 간의 반비례 관계는 문제가 되지 않을 것이다. 인간 파롤의 두 목표는 서로 보완적이다. 모든 의사소통이 제거된 순수한 표현은 허구이다. 왜냐하면 모든 파롤은 타인을 겨냥하고 있다는 것을 의미하기 때문이다. 침묵을 깨트리는 것은, 설사 불안한 외침에 의해서이거나 또는 가사 없는 노래에 의해서일지라도, 항상 누군가에게 말을 거는 것이고, 증인을 부르는 것이고, 도움을 청하는 것이다. 의사소통이라는 사회 계약은 더 나은 의사소통을 하기 위한 것임을 제외하고는 결코 파기되지 않는다. 무정부주의자 자신도 여기서는 오직 더 참된 복종의 필요성을 주장하기 위해서만 복종을 거부하는 것뿐이다. 다시 말해서 사실로서의 의사소통의 거부는 가치로서의 의사소통에 대한 향수를 의미하는 것이다. 초현실주의가 순수한 표현의 탐구에서 모든 사고의 규범을 부인하고 말을 야생 상태로 풀어놓았을 때에도, 어떤 가치의 긍정에서 의사소통하는 공식 초현실주의자와 당파적 초현실주의가 있었다는 사실이 그것을 입증하는 것처럼, 여전히 초현실주의는 새롭고 보다 생생한 언어를 고안하는 것을 꿈꾸었다. 모든 표현은 타인의 승인*reconnaissance*을 얻어내려고 한다. 나는 사람들과 신 자신에게 최고로 진실되게 나타난, 있는 그대로의 나로 알려지기를 원한다. 나는 내 존재의 한 확인으로서, 내 존재의 한 기부로서 이런 승인을 기대한다.

역으로, 표현 없는 의사소통이라는 개념도 의미가 없다. 왜냐하면 나의 언어는 결코 절대적으로 박탈될 수 없기 때문이다. 언어는 무엇보다도 개인적인 의도가 있지 않았더라면,

존재하지 못했을 것이다. 내가 말을 한다면, 그것은 내가 무언가 말할 거리를 가지는 것일 것이다. 나는 항상 문장의 주어로서 필요하다. 내 언어가 '모든 사람처럼 말하기'로 되어 있고 누군가가 내게 말하는 것을 되풀이하는 일을 할 뿐이라 할지라도, 그래도 여전히 그것은 내가 공통적인 의견에 동조한다는 것을 의미하는 것이며, 이는 내가 언제든지 거부할 수도 있는 찬동의 표시라는 약속을 전제로 하고 있음을 의미하는 것이다. 객관성을 위해 내가 다른 사람에게 말을 하게 하기 위해 침묵한다 할지라도, 여전히 우리는 나의 조합인 것이다. 상호 합의 없는 사회 계약이란 없다. 따라서 모든 파롤은 개인적인 기능을 가지며, 그 기능은 우리를 언어 속에 위치시키는 주도 행위initative와, 그리고 우리를 서로 대립시켜 자리 잡게 한 주도 행위와 부합하는 것이다.

그러므로 우리는 의사소통과 표현 간에 친밀한 연대가 있다는 것을 인정해야 한다. 사실상, 진정한 의사소통은 아무도 관계하지 않는, 유통이 정지된 말의 교환에 있지 않다. 비와 맑은 날씨에 관한 상투어와 발언은 최고의 성공작이 아니라 인간들 간의 교제의 희화화이다. 참된 의사소통은 통일의 실현, 말하자면 공통 작업의 실현이다. 그것은 각 사람과 다른 사람과의 통일, 그러나 동시에 각자가 자기 자신과의 통일, 타인과의 만남 속에서 이루어지는 개인적인 삶의 재배열인 것이다. 나는 내 존재의 깊은 의미를 전달하려고 하지 않는 한, 의사소통하지 못한다. 가장 완전한 화합의 한 양태를 보여주는 사랑의 교제는, 각자가 타자와의 만남에서 스스로 발견하는 인격성의 통합 없이는 일어나지 않는다. 모든 진실한 관계는 성행위chose에 따른 의사소통이 아니라 인격에 따른 의사소통이다. 더 정확하게 말하자면, 성행위는 인격의 상징으로서만 들어설 뿐이다. 예술에서 천재성을 확인시켜주는 가장 순수한 표현은 새로운 유파를 창설한다. 그리고 완전한 의사소통은 우리 안에서 잠자고 있는 표현의 가능성을 해방시킨다.

　여기서 오류는 언어language를 낱말mot이라고 생각하는 개념에, 낱말은 낱말이고 의미는 의미라고 하는 진부한 개념에 매달리는 데 있다. 사실상 하나의 랑그는 순전히 그리고 단순하게 그 자체를 한데 모아 놓기만 하면 되는, 미리 설정된 자동장치처럼 주어지지 않는다. 랑그는 활동하는 파롤의 잠재적인 조건으로서만 존재할 뿐이다. 랑그는 개인이 자신을 언어적 현실의 한 기능으로 긍정하는 덕분에 표현하려고 함으로써 재생되고 현실화되어야 한다. 몰개성적인 '기초' 언어는 가장 낮은 정도의 의도와 표현을 나타낸다. 기존의 랑그가 파롤을 위한 토양에 지나지 않는 것과 마찬가지로, 파롤은 의사소통의 필수적인 수단으로서 나타나는데, 이 의사소통에서 파롤은 새로운 언어를 만드는 계기를, 우리가 나와 너의 연대 속에서 실현되는 계기를 내어준다.

그러므로 말을 해간다고 하는 인간다운 일은 우리가 말의 물질성에서 가치 있는 의미로 이행할 것을 우리에게 요구한다. 우리들의 구체적인 자유는 우리를 표출하게 해주는 언어 속에서 표현과 의사소통을 동시에 촉진시키는 우리의 능력 정도에 따라 확인된다. 여기서는 원리적으로 절대적인 자유의 꿈, 아마도 명명하면서 사물을 창조했던 신의 자유는 포기되어야 한다. 형이상학에 있어서도 정치학에 있어서도 인간은 그와 같은 근본적인 주도권을 누리지 못한다. 그의 자유는 복종에 의해, 그러니까 있는 것의 인식에 의해 시작되는 조건적인 자유, 상황 속의 자유이다. 자유로워진다는 것은 하나의 형식을 잡는 것이다. 그러나 좋든 싫든 간에 우리는 하나의 토대가 우리에게 먼저 주어져 있다는 점을 받아들여야 한다. 그저 말을 파괴하는 즐거움을 위해서 인간 파롤을 분쇄해버리고 ㄱ 어떤 규범일 수도 없었던 언어의 허무주의자인 초현실주의자는, 일상인들의 말로 독창적인 스타일을 창조해내는 위대한 작가보다 매우 덜 자유롭다는 것을 분명히 보여준다. 가장 높은 자유— 분리시키는 자유가 아니라 통합시키는 자유—
는 공동체에 의해서 시작된다.

# 7장 의사소통

삼인칭으로 된 죽은 랑그의 몰개성성과는 반대로, 표현은 나를 표출하고, 의사소통은 너를 찾는다. 나와 너는 우리라는 통일 속에서 함께 결집하려고 한다. 이 모든 것이 살아 있는 언어를 증명해준다. 우리에게는 같은 기획의 이 두 국면의 의미를 밝혀주는 일이 남아 있다.

처음에 상황은 모든 파롤 교환의 공통 바탕canevas인 기존 랑그에 의해 주어진다. 랑그는 하나의 제도인데, 그 안에는 민족 공동체의 본질적인 제도들이 집약되어 있다. 랑그는 규범을 고정하는 동시에 안정équilibre을 규정한다. 탁월한 언어학자 방드리에가 말했던 것처럼, "거기에는 규칙에 맞게끔 랑그를 유지하기 위해 같은 집단 속 개인들 사이에서 자연스럽게 확립된 묵시적인 계약이 있다.”(『언어』, 283쪽) 언어 ‘계약’은 사회 계약의 근본적인 양태들 중의 하나이다. 하나의 국가를 이루어서 함께 살고자 하는 의지는 이해라는 공통적인 유산의 유지에서 입증된다. 말로 치장되어 있는 랑그는 가치에 따른 일치communion의 상징이며, 한 국가의 표방은 역사 속에서 항상 한 랑그의 옹호와 연합되어 왔다. 이는 우리가 아일랜드나 이스라엘의 경우에서 보는 것처럼, 사라진 방언을 인위적으로 얼마간 부활시킨 일에서도 알 수 있다.

그러나 기존 언어는 닫힌 체계처럼 이해되어서는 안 된다. 살아 있는 랑그는 마치 그것을 지탱하는 집단 계약이 항상 갱신하는 상태에 있는 것처럼, 신비스러운 운동을 하고 있는 것처럼 보인다. 어떤 한 시기에 권위적으로 한 랑그를 고정시키기 위한 시도는 모두, 절대 왕조를 세우려고 했던 라슐리에가 언어에 질서를 부여하기 위해 떠맡았던 프랑스 아카데미의 경험이 증명하는 것처럼, 실패할 수밖에 없는 운명에 있다. 이제 올바른 용법의 법전인 대사전은 용법을 고정시킬 수 없는 것으로 드러난다. 여기서는 왕의 의지도 별수 없다. 사전은 한 주어진 순간의 랑그의 상태를 수록한다. 그것은 결산에 이르지 못하고, 일이 완성되자마자, 프랑스가 먼저 사라지지 않는 한 끝이 없는 이상적인 지점까지 편집에 편집을 거듭해 가면서, 곧바로 다시 일을 시작하지 않을 수 없다. 그러므로 랑그는 하나의 전서somme가 아니라 움직이고 있는 하나의 지평이다. 그리고 그것의 전면적인 변화는 오직, 매일매일 이야기되는 현실을 생성시키는 개인들의 공헌의 총체일 뿐이다.

결국 랑그가 파롤의 사용을 위한 틀을 제공한다고 말하는 것이 참이라 하더라도, 랑그는 랑그를 수용하고 육성하는 파롤 속에서만 존재한다는 점도 인정되지 않으면 안 된다. 확립된 언어는 이해의 장을 결정한다. 의사소통은 이 장 속에 위치한 두 주체의 관계인데, 이 장은 그들에게 공통적인 참조 영역을 제공하며, 그들의 일시적인 관계가 전경으로서 드러나는 그런 배경도 제공한다. 그러나 이 문화적 지평은 의사소통의 조건들을 남김없이 다 드러내지는 못한다. 그것 자체는 하나의 특별한 한정인 것처럼 보이는 인간학적 지평에 감싸여 있다. 어떤 랑그를 말하기에 앞서, 인간은 말하고, 인간은 관계의 존재이며, 이 인간적 현실의 관계적 성격은 모든 말의 교환의 가장 일반적인 조건이다. 일반적으로 인간적 관계는 문화적 관계를 조건 짓고, 다시 문화적 관계는 다수 개인들 관계의 시작을 조건 짓는다. 이때 만남은 만남을 동기 짓는 관심의 성격에 따라 여러 가지 친밀의 성격을 띤다.

이렇게 서로 맞물려 있는 인간적 지평, 문화적 지평, 개인적 지평은, 서로 만나는 두 역사의 공통적인 계기처럼 이해의 장을 이룬다. 따라서 의사소통의 상황은 아주 소박하게 모든 사람에게 단번에 주어지지 않는다. 그것 자체는 눈앞에서 실제 대화가 벌어지고 있는 일련의 연속적인 평면으로 이루어져 있다. 행동은 배경décor에 반응하고 그것을 재창조한다. 서로 대면하고 있는 사람들의 상호성은 그들 내력의 각 계기에서의 관계 상태를 표현하는 새로운 환경으로서 던져진다. 그에 따라 결코 완전히 설명되지 않는, 극단적으로 복잡한 의사소통의 양상도 있다. 가장 단순한 관계가 무한한 길들을 열어젖히며, 그 시작도 그 끝처럼 종종 엄격하게 결정하기가 불가능한 것으로 보인다. 왜냐하면 의사소통은 항상 이전의 의사소통을 전제로 하기 때문이며, 이전에 종결된 관계를 보존하게 될 새로운 의사소통에서 완수될 것이기 때문이다. 출발 때의 안정은 의사소통하는 자의 의도에 의해 파기되고, 그래서 새로운 안정의 실현으로 나아간다.

내가 그 랑그를 알지 못하는 외국 도시의 길을 산책한다고 가정해보자. 나는 자신이 북해의 끝자락으로 추방된 오비디우스처럼 느껴질 것이다. "여기서 나는 나 자신을 이해시킬 수 없는 야만인이다Barbarus hic ego sum, quia non intelliger ulli."라고 이 라티움 시인은 서글프게 말했다. 그럼에도 불구하고 그는 이 외딴곳의 주민들 속에서 스스로 가장 높은 문명의 증인이라고 느끼고 있었다. 그리스인들에게 어원적으로 barbare는, 알아듣지 못하는 언어를 나불거리는, 그래서 사람들이 그 불쾌한 발성 때문에 경멸하는 인간이다. 조롱을 받을 거라고 느끼는 이방인의 이런 괴로운 의식을 억누르면서, 나는 한 행인에게 정보를 얻기 위해 말을 건넨다. 랑그의 차이에도 불구하고 인간적인 연대감이 그와 나 사이에서 한 관계의 가능성을 창조한다. 그런데 이 사람은 나의 국적을 알아보고 나의 랑그로 내게 말을 한다. 우리들 사이에 한 문화에 대한 연대성이, 어떤 가치에 대한 존중이 확인된다. 이 만남에서 진실한 친밀감이 탄생될 것이다. 그 후부터 나는 올 때마다 나의 환대자와 호혜적으로 연결된다. 그리고 사람 간의 이런 중재를 통해서 나를 환대해 주었던 국가 자체가 나의 공감을 얻게 될 것이다.

따라서 두 주체의 관계 맺기로서의 의사소통의 관계가 확립되는데, 이 만남은 기본직으로 하나의 공통 형식이 실현되게 될 한 참조 영역을 결정한다. 하나의 관계는 권위의 인정 없이는, 호소invocation 없이는, 다시 말해 일시적이든 근본적이든 마주한 사람들의 일치를 보장해주는 서로의 복종이 없이는 가능하지 않다. 따라서 이해는 매번 하나의 공약인 것처럼 보인다. 우리가 주고받는 말의 암호에서 타인이 자신을 나에게 맡기는 것처럼, 나도 위험을 무릅쓰고 나 자신을 타인에게 맡긴다. 물론 사회생활의 칸막이인 예절 형식이 위험들을 제한하기 위해서 개입한다. 우리들 각자는 타인의 침해에서 사생활을 지키려고 애쓴다. 그럼에도 이런 안전 조치에도 불구하고, 모든 만남은 우리에게 중대한 사태를 불러오는 하나의 모험이다. 왜냐하면 오스트리아 시인 휴고 폰 호프만스 탈의 멋들어진 말에 의하면, "각각의 만남은 우리를 분열시키기도 하고 재결합시키기도 하기" 때문이다.

각각의 파롤은 파롤이 환기시키는 존재에 따라 관점적으로 파악되지 않으면 안 된다. 가장 명백한 구체적인 의미, 메시지의 문자 그대로의 텍스트는 형식적인 의미로 뒤덮여 있다. 말들은 하나의 의도를 알린다. 말들은 방향적으로 어떤 것을 실현시키려고 한다. 말들은 개인적인 구조들과 관계하는데, 이 구조들은 변환을 만들어내려고 한다. 타인도 찬동했던 것처럼, 우리가 공통분모로 삼은 어떤 의미에 우선은 나도 적극 찬동하면서, 나는 이 합의를 확장시키거나 심화시키려고 노력한다. 설득을 얻기 위한 부수적인 짐으로서 말들의 고유한 효력에 참가라는 마술이 부가된다. 가장 진부한 하찮은 말이 그것을 꾸미는 주문의 힘에 의해 배가된다. 어떻게 보면 말들의 질서는 모든 인간적 현실의 어느 한 평면 위에서 투사를 실현하지만, 그러나 만남은 전 생활공간과 관계하는 다차원적인 사건으로 남아 있다. 인간적 교제는 항상 하나의 전체성, 공감이나 반감, 합의나 거부의 전체성을 추구한다. 여기서 언어는 언어를 넘어선다. 기존 언어의 정태성은 결코 끝나지 않는 영향 투쟁의 역학을 위한 계기와 기회를 제공한다. 일단 두 사람이 서로 대면해서, 대화 상대자 중 어느 한 사람이 살아남아 있는 한, 이별 그 자체도, 불화도, 죽음도 이 경험의 대화를 중단시킬 수 없기 때문이다.

따라서 언어는 본성상 한정할 수 없는 것처럼 보인다. 그보다 정확히 말해서 언어를 한정하기 위해서는 특별한 노력이 있어야 하는데, 이 노력은 실증적 분야의 전문가들이 맡아 하고 있다. 이들 전문가는 각 용어가 더도 덜도 아닌, 정확하게 그것이 말하는 것만을 말하는 정확한 표현을 정의하는 데 매달리고 있다. 그런데 수학 언어, 화학 기호 체계, 모든 전문 용어는 얼마간 안전하게 보편적이고 객관적으로 설명하려는 시도를 대표한다. 여기서 각 표현의 의미는 제한적인 방식으로 정의된다. 모든 것을 말하는 이 언어에 아무것도 말하지 않는,

또는 거의 아무것도 말하지 않는 언어가 대립한다. 그 언어는 암시가 더 많은 친교의 언어인데, 그런 언어에서 각 말은 하나의 태도를 가리키기도 하고, 은밀한 연애의 가능성을 환기시키기도 한다. 명시적인 언어와 암묵적인 언어 — 남김 없이 말하기와 침묵하기 — 로 대립된 제한 사이에, 일상적 형태의 완곡어법demi-mot과 묵살법réticence이 배열된다. 그리고 우리들은 인간 파롤의 완전성이 가장 많은 것을 말하는 언어 속에 있는지, 아니면 가장 적은 것을 말하는 언어 속에 있는지를 알기 위해 끊임없이 토론할 수 있다. 다른 점에서 보면 아마도 가장 많은 것을 말하는 언어는 결국 가장 적은 것을 말하는 언어 — 인간 존재의 인격성에 따르는 것이 아니라 사물의 객관성을 따르는 언어인 비인간적인 언어 — 일 것이다.

어쨌든, 타인과의 대면, 타인에로의 개방과 연결된 언어가 동시에 인격적 존재의 구성에 공헌한다는 점은 명백하다. 모든 의사소통은 이해와 연결되어 있다. 타인이라는 우회로는 항상 나를 나에게로 다시 데려온다. 말하기와 듣기의 상호성에서 잠자고 있는 가능성들이 내 안에서 현실화된다. 발설되든가 이해되든가 간에, 각각의 파롤은 아마도 내가 지각하지 못했던 의미를 발견하게 되는, 각성의 기회이다. 어원적으로 의–식

*con-science*이라는 개념은 고독에서의 탈출을, 존재를 함께 나누는 것임을 상기시킨다. 고립된 인간이 고통스럽게 그 결핍으로 괴로워하는 의사소통 안에는 하나의 창조적인 힘이 있다. 바그너가 자기 생애의 고통스러운 시기에 한 절친한 친구에게 보냈던 다음과 같은 편지글이 그 증거일 수 있었다. "접촉할 수 있는 세계로부터 전혀 자극을 받지 못한 채, 하릴없이 내 한 몸 먹이는 일이나 하다 보니, 얼마간이라도 활력을 유지하기 위해서는 아주 적극적이고 힘을 돋우어줄 외부와의 관계가 필요하다. 결국 내가 사방에서 나를 둘러싼 정적과 마주쳐 있다면, 어디에서 내 존재의 심연과 의사소통할 욕구가 일어날 것인가?"(『한스 데 뷜로우에게 보낸 편지』, trad. Khnopff, Crès, 1928, 15쪽.)

그러므로 의사소통에는 창조적인 힘이 있다. 의사소통은 타자와의 상호 관계 속에서 각자에게 자기의식을 주는 것이다. 사람들 간의 일치communion가 항상 의미의 표명이라는 형식으로 나타나면서, 개인적 삶이라는 건축이 실현되는 것은 파롤의 세계 속에서이다. 받으면서도 주고, 주면서도 받는 일이 일어나는 의사소통이라는 축복은 우리 동료, 이웃에 대한 발견, 즉 우정이나 사랑 속에서 나보다 더 훌륭한 다른 자아에 대한 발견이다. 왜냐하면 이 다른 자아는 만남을 통해 내가 발견해낸 의미에서 확인되기 때문이다. 각 사람은 자기보다 더 훌륭한 자아인 타자를 극진히 환대한다. 각 사람은 타자를 인정하고, 또 그 타자로부터 똑같은 인정을 받는다. 그렇지 않으면 인간적 실존은 불가능한 것이다. 왜냐하면 자기 자신으로 축소된 인간은 자기 자신보다 못한 것이기 때문이다. 반면에 환대의 빛 속에서는 무제한한 성장 가능성이 그에게 제공된다.

# 8장 표현

　내가 말을 해가기 위해서는, 언어가 이런저런 식으로 타인을 통해 나에게 건네지지 않으면 안 된다. 그러나 언어가 이음줄 trait d'union이라면, 그것은 호소이자 환기évocation, 외침이기도 하다. 타인과의 관계는, 말하고 있는 개인 자신 속에 그것이 드러내는 그의 개인적 현실에 준거해야만 의미가 있을 뿐이다. 의사소통하기 위해서, 사람들은 자기 자신을 표현한다. 다시 말해, 우리가 주스를 짜내기 위해 압착하는 과일처럼, 사람들은 자신을 사용하고, 자기의 고유한 실체를 생산한다. 자기의 내장으로 새끼들을 먹이는 펠리컨의 신화는 보다 숭고한 양식으로 시적 표현을 특징짓는 데 같은 이미지가 재연되고 있음을 보여준다.

　인간 파롤의 표현적 기능은 의사소통 기능과 균형을 이룬다. 그것은 우리 경험의 어떤 본질적인 국면들을 지배한다. 생의 시초에서부터 표현은 거의 유일하게 확인되는 것처럼 보인다. 유아의 첫울음에서부터 그 이후 언어 인지 이전의 모든 음성적 훈련에서는, 이인칭이나 삼인칭보다 일인칭의 우세가 드러난다. 물론, 울음은 하나의 호소이기는 하지만, 그것은 그 울음이 표현하는 개인적 현실에 유착되어 있다. 최초의 교육이 이루어진 후조차도, 어린이의 언어는 대체로 자기중심적으로 머물러 있다. 재잘거림, 낱말 놀이, 조음 놀이는 실천적 유용성과 사회적 현실 밖에 자리 잡고 있다. 심리학자들이 말하는 바에 의하면, 어린이의 파롤에서 단순한 표현적 기능을 넘어 의사소통 기능의 우세를 확인할 수 있는 것은 7살 — 전통적인 지혜의 '이성의 시대' — 이후일 때일 뿐이다. 그러므로 처음에는 표현이 더 우세했을 것이다. 더구나 표현은 파롤이 가장 큰 강렬성에 도달할 때 더 강하다. 격정이나 공포 속에서 울음*cri*이, 일체의 사회적 구속에서 풀려나서, 존재의 본질적인 솔직성에 복종하는 것처럼 말이다. 그리고 다른 차원에서 시인의 노래는 외부의 오염에서 자유로운, 훨씬 더 비밀스럽고 순수한 파롤을 표현한다. 그것은 표현이 자기의 가장 고귀한 가치에 도달한 정화된 울음인 것이다.

이러한 제한 상황 내에서, 표현은 항상 파롤의 한 계수처럼 나타나고, 이 파롤의 계수는 의사소통의 계수와 평형을 이룰 것이다. 자신을 표현하려는 욕구가 사라지기 위해서는, 삶에 대한 의욕 자체가 타격을 받아야 한다. 앙드레 지드는 어느 한 책의 마지막 페이지에서 다음과 같이 단언한다. "나는 삶이 나에게 가져다줄 수 있는 것에 대해 더 이상 큰 호기심을 가지고 있지 않다. 나는 말해야 하겠다고 생각했던 것을 어느 정도 잘 말해왔고, 나 자신을 되풀이하게 될까 봐 두렵다…" (『La Nouvelle Revue Francaise』, Hommage à André Gide, 1951, 371~372쪽.) 그리고 이 위대한 작가는 더 이상 아무것도 말할 것이 없다는 것을 인정하고는, 곧바로 자살의 문제를 제기한다. 그래서 노인들은 저마다 최종적인 침묵을 실습함으로써 스스로 죽음을 준비하는 것이다. 작가든 아니든 살아 있는 인간은, 자기의 일이 자신을 주장하는 데 있는 그런 세계의 현실에 대한 논고contribution로서, 항상 말할 거리를 가진다.

표현을 모두 뺏긴 얼굴이 더 이상 인간의 얼굴이 아닌 것처럼, 모든 사람은 우리에게 표현적 존재로서 나타난다. 다시 말해 그에게 고유한 의도의 기원으로서, 그리고 환경을 변형시킬 수 있게 해주는 의도의 기원으로서 나타난다. 게다가 파롤은 아마도 가장 완벽한 표현 수단 중의 하나이지만, 유일한 수단인 것은 아니다. 배우 수업은 흉내와 몸짓의 수련으로 이루어진다. 목소리도 없이 맨얼굴로, 심지어는 마스크를 쓴 채로, 학생은 오로지 자기 몸에 의지해서만 다양한 인간 감정을 표현해낼 수 있어야 한다. 더군다나 그의 동작은 텅 빈 무대 위에서 초원, 산, 숲, 태양, 비, 진창 등, 다양한 풍경들을 환기시켜야 한다. 그리하여 몸짓 표현의 놀이로 좁혀진 인간 연기의 마술이 하나의 풍경을 충분히 연상시키는 것이다. 그래서 배우의 수련은 우리들 각자가 끊임없이 무의식적으로 자기 주위로 발산하는 주장을 추상적으로 재생산한다. 우리들은 우주의 중심이다. 우리들의 존재 양태, 우리들의 기분이 끊임없이 존재와 사물의 환경에 의미를 부여한다. 한 남자나 여자의 개성이라고 일컬어지는 것이 그의 삶의 무대 속에서 읽혀지는데, 그 무대는 그의 존재 양태의 침전, 세계 속에 새겨진 실존의 비문인 것이다.

따라서 표현의 기능은 실재au réel에 의미를 부여하기 위해 자기 밖으로 나가는 인간의 행진에 있다. 표현은 세계 속에 스스로를 건립하는 인간 행위, 다시 말해 자신을 세계에 덧붙이는 인간 행위이다. 안정이 위태로워졌을 때 자기의 내적 자원을 사용함으로써 자신의 안정을 창조하거나 안정을 회복하는 것은 각자의 의무이다. 그러므로 언어는 그것이 가진 우주적인 시야로 인해 우리들에게 안착을 허용한다. 언어는 우리가 갑작스럽게 일상적인 안전에서 벗어난다 해도, 우리를 회복시키는 힘을 가진다. 그것은 표현이 모든 추론적 지성과 독립적으로 순수한 상태로서 긍정되는, 아주 덜 다듬어진 말하기의 기능이다. 온갖 다양한 종류의 울음, 고함, 외침, 감탄, 욕설은 자기를 감추는 세계에 자아를 적응시키려는 노력인 것처럼 보인다. 놀람, 환희, 두려움과 공포는 파롤에 순수한 정서를 부여한다. 극도로 강렬한 파국적인 반응에서, 우리에게 덮쳐온 극단적인 방향 상실 상황의 무질서에 맞서기 위한 절망적인 시도에서 표현은 응축된다. 불안, 고통 또는 죽음에 직면하여 사람들이 더 이상 긍정할 인간적인 것을 가지고 있지 못할 때, 그가 여전히 터트릴 수 있는 울음은 의식의 궁극적 호소에서 호소와 환기가 함께 혼합되어 있다는 것을 보여주는 하나의 유일한 증거로 남아 있다. 다른 수단을 모두 빼앗기고 나서, 그는 상황을 구출하기 위해 울부짖음이라는 마술적 효력만을 생각할 뿐인 것이다.

따라서 이런 극단적인 경우에서조차노, 표현은 여전히 내부와 외부 간의 일치를 확립해야 할 요구와 연결되어 있는 것처럼 보인다. 사람들은 혼자 떨어져서는 살 수 없다. 인간 존재는 마주봄opposition에 의해 정의되는 것이 아니라, 파급rayonnement 에 의해 정의된다. 다시 말해 매 순간 환경에 하나의 형체를 부과하는 그의 능력에 의해 정의되는 것이다. 사람은 자신을 용납하지 못한다고 믿을 때조차도 자신을 표출하는 일을 그치지 않는다. 그가 비밀을 감추려고 할 때, 그는 그의 행동의 의미가 암호 자체인 것처럼 그것을 가장한다. 우리가 그 비밀을 우리 자신에게 알리는 것처럼 세계에 알릴 수 없는 한, 우리에게 진실이라는 것은 전혀 없다. 공개하는 것은 우리의 즐거움이자 고통의 일부를 이룬다. 연인은 자기 행복을 선언하는 것을 자제할 수 없고, 개종자는 신앙을, 또는 불행한 자는 자기의 절망을 외치는 것을 자제할 수 없다. 여기서 표현은 이차적인 요소로서 개입하지 않는다. 그것은 주인공 자체로서 그가 겪은 일에 대한 이해이다. 비밀의 최종적 의미는 아마도 그것을 자유롭게 자백하려는 우리의 향수 속에 있을 것이다. 그리고 모든 인간이 나름대로 꿈꾸는 하느님 나라는 물론 각자가 모두에게 자기를 드러내는 보편적인 공현公現, épiphanie 에 있을 것이다.

분명히 우리는 아직 거기에 있지 않다. 그러나 아마도 모든 인간 경험은 그 전투적인 의미에서 표현을 향한 노력으로 이해될 것이다. 문학가 생트 뵈브는 어떤 정신에서 볼 때

"글쓰기는 해방이다."라고 말했다. 그러한 것이 작가의 길이다. 표현이라는 교과는 그에게 들러붙어 있는 유령으로부터 그를 풀어준다. 불행한 사랑의 희생자인 베르테르는 죽었지만, 괴테는 구원받는다. 위고는 불멸의 시 덕분에 사라진 레오폴덴으로 인한 고통을 극복한다. 모든 사람들이 다 쓰는 것은 아니지만, 그러나 사람들은 모두, 내부적인 위협을 극복하기 위해서, 근심이나 고통의 나른한 유혹을 저지하기 위해서, 파롤이나 행위에 있는 표현의 힘에 의존한다. 여기서 파롤은 거리두기라는 것을 보여준다. 표현하겠다는 결심은 내부적인 침식이라는 수동성으로부터 창조적 활동성으로의 이행을 허용하는 문턱을 가리킨다. 말하기, 쓰기, 표현하기는, 비록 그것이 고통을 다시 되살릴 뿐이라고 생각될지라도, 행동하는 것이고, 위기를 넘어 견뎌내는 것이고, 다시 살아가기 시작하는 것이다. 표현에는 구마식exorcisme의 가치가 있다. 왜냐하면 표현은 우리 스스로 몸을 가누지 못하는 것을 해결하는 일에 헌신하기 때문이다.

시인이 언어로 표현하려는 노력을 최대한도로 수행한다는 점에서, 시인의 예에는 특별히 의미가 있다. 작가는 기존 랑그의 무개성성을 개인적 존재의 제기로 넘겨주면서, 파롤을 사용해 자기 자신을 주장해야 한다는 의미에서 말하는 인간이다. 그러나 대가 시인의 언어는 어린아이와 같은 자기중심주의에로 가는 후퇴가 아니다. 시인의 언어에서는 의사소통이 표현에게 모든 자리를 내어준다. 여기서 표현은 타인의 지지를 수반해야 하고, 또 작가에서 독자까지 하나의 새로운 의사소통에 토대를 두고 있어야 한다. 작가는 이해되기 위해서 만인의 언어를 가지고 출발해야 한다. 그러나 만일 작가가 천재라면, 작가는 이 언어를 그 이전에 어느 누구도 사용하지 않았던 것처럼 사용할 것이다. 언어의 이 회복은 스타일*style*의 창조에 상당하는 것인데, 시인의 개성은 이 스타일이 표출되는 것과 같은 시간에 창조되는 것이다.

시인은 자신을 자기로부터 해방시켜주는 고행 덕분에 파롤을 재발견한 사람이다. 기존의 언어는 의미가 탈색된 언어이다. 공동체의 특성은 의미를 사물의 상태로 환원시키는 데 있기 때문이다. 기존의 언어는 그저 공통분모에 지나지 않는 것으로 되어버린 축소된 언어이며, 그 중심이 어디에나 있고, 주변은 어디에도 없기 때문에 탈중심화된 언어이다. 시인은 말을 원상회복시켜준다. 시인은 파롤에 공명을 되돌려주고, 그것의 효력이 다시 살아나게끔 각각의 말들을 새로운 상황 속에 드러낸다. "동족의 말에 보다 더 순수한 의미를 주는 일"이라는 말라르메의 계획은 천재의 계획이다. 이 천재의 계획 덕분에 가장 관례적인 말들이 신비스럽게도 그 본래적인 완전성을 회복하고 찬란한 빛을 발하면서 생동하는 것이다. 살아 있는 파롤이 죽은 랑그에 갇혀 있던 말들을 속박으로부터 해방시켜주었고, 시인은 말들을 스타일에 복종하도록 한정시킬지라도 그 말들에 정당성을 부여해준다.

게다가 여기서 말의 놀이는 무한히 그 자신을 초월한다. 스타일의 이점은 고행이 그저 형식적으로만 머물러 있지 않다는 점에 있다. 말들을 가지고 작업하면서, 사람들은 관념들을 발견한다. 파롤에 주의를 기울이는 것은, 일상 언어의 애매성과 모호성을 피하는 데 관심을 기울임으로써, 실재와 우리 자신에 관심을 기울이는 것이다. 올바른 표현에 대한 관심은 올바른 존재에 대한 관심과 결부되어 있다. 정확성justesse과 올바름justice은 인접한 두 덕목이다. 그것은 결코 담화의 세계에만 해당하는 문제가 아니다. 왜냐하면 모든 건립은, 심지어 건축과 같은 것도, 인간의 건립이기 때문이다. 이와 같은 사실은 문학과 같은 경우에서, 즉 스타일을 얻기 위한 투쟁 과정에서 필수적인, 간단없는 영웅적 행위에서 증명된다. 그 노력은 끝이 없는 것이다. 조금만이라노 느슨해져도, 새로운 형식은 관례적인 표현으로 퇴화한다. 스타일이 효력을 상실해서 자기의 모방처럼 같은 표현의 지나친 반복으로 나타나게 될 때가 있다. 그러면 그 사람은 대가라기보다는 오히려 제물이 된다. 위대한 예술가는 자기 자신을 모방하는 짓도 피하는 것이다. 그는 끊임없이 새롭게 세계와 말을 세심하게 보여주는 일에 종사한다. 그 일은 영원히 끝나지 않는 것인데, 세계는 변하면서 새로워지고 있고, 살아 있는 인간도 그와 더불어 변하고 새로워지기 때문이다.

그런데 스타일의 힘은 시인만의 특권이 아니다. 작가는 환경에 자기의 낙인을 찍는 일을 하는 인간을 증거하는 것처럼 보인다. 스타일은 그 창조적인 의미에 따라 운명의 여신의 운동인 생명의 실을 표현한다. "스타일은 바로 그 인간 자신이다."라는 뷔퐁의 유명한 말은 그 가장 충만한 의미로 이해되어야 한다. 스타일은 인간을 드러내 보인다. 말하기나 쓰기의 스타일뿐만이 아니라 삶 일반의 스타일을 드러내는 것이다. 사람들은 각자 자기들의 태도에서 그 자신을 알린다. 사람들은 자기의 옷에 마음을 쓰는 것처럼, 자기의 말에 마음을 쓴다. 우리들은 각자 자기의 지금 시간들에 마음을 쓰거나, 긴장과 자세가 풀어진 것처럼 개인적인 규율의 결핍을 보여주는 태만적 태도에서, 거기에 마음을 쓰는 것을 포기할 수 있다. 여기서 스타일을 얻기 위한 투쟁은, 자기주장의 각 순간에 그에 맞는 가치를 부여하는 기획으로서, 전 인격을 정의하는 데 이용될 수 있다. 인간이 자기 모습을 자기의 고유한 모습대로 드러내는 것은 그에게 끊임없이 새로운 문제를 제기한다. 왜냐하면 그 문제에는 결코 해결의 끝이 없을 것이기 때문이며, 또 여기서 그 적절성은 항상 부족이나 과도로 빠질 위험이 도사린 취미의 문제이기 때문이다. 자연스러움에서 치장과 허식까지, 우아함에서 겉멋 또는 가식까지의 거리가 멀지 않은 것이다. 적당한 표현이라는 축복은 단숨에 균형점을 찾아내고, 가장 예기치 못한 난관 앞에서도 항상 상황에 알맞게 자기를 드러내는 어떤 존재의 특권이다.

그러므로 스타일은 인격의 특유한 표현이다. 언어가 하나의 세계인 것처럼, 세계는 개인적인 진정성의 제기에 복종해야 하는 하나의 언어인 것이다. 독창적이 된다는 것은 하나의 기원이 된다는 것, 하나의 시작이 된다는 것이며, 상황에 그 표시를 찍는 것이다. 이는 결코 젊은 멋쟁이 알키비아데스처럼 자기 개의 꼬리를 잘라서 가지고 있거나, 앵쿠르아야블 스타일로 혀 짧은 소리를 내기만 하는 일이 아니라는 것이다. 독창성의 힘은 온갖 수단을 통해 우리들의 주의를 끄는 것에 있지 않다. 독창성은 밖을 향해 있는 것이 아니라 안을 향해 있다. 그것은 적합한 표현에 대한 관심과, 자기표현에 있어서의 정직성과 관련되어 있다. 이런 의미에서 독창성은 각자에게 자기 언어를 주는 것, 자기 스타일을 발견하는 것이어야 하는 것이다. 각자의 세계관은 그에게만 속해 있는 하나의 관점이다. 스타일은 인간에게 하나의 과제처럼 주어진 것으로, 관점의 이해를 의미한다. 죽을 수밖에 없는 존재인 우리들은 저마다 자기 상황에 맞는 말을 찾아야 할 짐을 지고 있다. 다시 말해 언어 속에서 자기를 실현해야 할 과제를 떠맡고 있다. 이것은 모두의 언어를 개인적으로 되찾는 것으로, 인간 세계에 대한 그의 기여를 나타내는 것이다. 스타일을 위한 투쟁은 정신적인 삶을 위한 투쟁이다.

# 9장 의사소통의 진정성

한 개인에게 있어 완전한 표현이란 그가 어떤 존재인지를 기탄없이 충분히 표출하는 것을 의미할 것이다. 완전한 의사소통은 개성이 극단적으로 의미를 잃는, 타인과의 일치에서 이루어질 것이다. 우리가 보았듯이, 표현은 그것을 이해하는 인간 존재의 의식이 없이는 완성될 수 없으며, 또 공동체는 그 공동체가 묶어놓은 각 실존existence의 능력ressources을 사용할 경우에만 가치를 지닌다는 점은 분명하다. 단 하나의 향수 nostalgie가, 완전성이라는 같은 욕망의 두 다른 얼굴을 인간에게 제공한다. 이런 관점에서 파롤의 경험은 실패의 경험일 것이다. 언어는 표현과 의사소통이라는 한 쌍의 요구에 봉사하기는

커녕, 그것들의 완전한 충족에 극복할 수 없는 장애를 일으키는 것처럼 보인다.

언어에 대한 이런 새로운 비난은 성실성이나 불성실성 la bonne foi ou la mauvaise foi에 달려 있는 것이 아니다. 여기서는 기존의 부정의, 도덕적이고 사회적인 무질서를 비난하는 것이 문제가 아니라, 인간 파롤의 제도적인 한계, 존재론적인 불충분성을 이해하는 것이 중요하다. 말은 매우 불완전한 의사소통 수단이다. 말은 너무 자주, 폭로하기보다는 숨기며, 사람들이 완전한 투명성을 꿈꾸는 곳에다 장막을 친다. 모든 사람이 다 자기들이 잘못 이해되고 있고 오해받고 있다고 느낀다. 그래서 사람들은 모두 이런 침울한 시간에 다른 이해 수단을 욕망한다. 그런 파롤은 노래일 것이고, 노래는 가장 미묘한 영혼의 변화에 저절로 충실하게 될 것이다. 플로티누스가 생각하듯이 말하려는 욕망은 피조물에게서 그 완전성을 빼앗은, 타락으로 인한 형벌이다. 더 나은 세계에서 이 완전성이 회복되면, 그 욕망은 사라질 것이다. 플로티누스는 이렇게 말한다. "언어에 대해 말하자면, 우리는 지성계 안에 있거나 천상에서 그 몸체를 가지고 있는 영혼이 언어를 사용한다고 생각해서는 안 된다. 우리가 속계에서 파롤을 주고받지 않을 수 없는 욕구나 불확실성은 지성계에서는 결코 존재하지 않는다. 규칙적으로 움직이고 자연을 따르는 영혼은 명령도 필요 없고 건네줄 충고도 없다. 영혼은 순수한 지성을 통해서 이런 저런 모든 것들을 안다. 여기 속계에서조차 사람들이 말하지 않을 때, 우리들은 눈을 통해 그것을 안다. 그러나 천상에서는 모든 육체가 순수하며, 각자가 다 마치 눈과 같다. 그 어떤 것도 숨겨지지도 않고, 모방되지도 않는다. 무언가를 보면서 사람들은 말하기 전에 이미 자기의 생각을 안다."(『엔네아데 스』, IV, 3, 18, tr. Bréhier, coll. Budé)

신비주의자에게 있어서, 언어는 영혼과 영혼 사이에, 영혼 과 신 사이에 거리를 벌려놓는다. 그러므로 파롤의 세계는 일반화된 상대성의 세계이며, 그런 세계에서 구원은 탈출의 은총에 의해서만 가능하다. 게다가 언어의 불충분성은 세계 자체의 불충분성과도 일치한다. 이 세상에 우리의 열망에 맞는 것은 아무것도 없다. 진정한 고향은 다른 곳에 있다. 이러한 것이, 시대를 거쳐 소생하기도 하면서, 육체의 구속을 감내할 수 없는 정신주의의 불평이었던 것이다. 자기 생각을, 또는 사랑을, 또는 믿음을 말하는 것은 이미 배신하는 것이 되었을 것이다. 진리는 내부에서만 있을 수 있을 뿐이다. 언어 는 우리의 머리를 땅에 고정시키므로, 언어는 모든 상승에 저항한다. 키르케고어는 다음과 같이 말한다. "사람들이 좋은 날씨에 관해 말할 권리가 있다는 것을 나는 안다. 그러나 평생토록 내가 관심을 두었던 다른 문제가 있다 — 우리를 신과 연결시켜주는 침묵의 관계가 있다. 그리고 이 침묵의 관계는 우리에게 가장 고귀한 이 일을 놓고 다른 사람과 이야기를 나누게 될 경우 깨지고 만다."(『일기』, 1850)

언어에 대한 이런 반론은 본질적으로 모든 것을 다시 문제 삼는다. 사실 대부분의 경우에, 언어는 여전히 우리가 언어에서 기대하는 것, 즉 화자들 간의 합의를 실현하는 것처럼 보인다. 그러나 이런 합의의 성격은 재고되어야 한다. 파롤의 일상적 사용은 정보, 기록, 메시지의 교환을 충족시킨다. 언제든 수정될 수 있는 오해의 경우를 제외하고, 우리는 같이 살아가고 일하는 일상적인 과제를 함께 하는 것이 문제일 때에는 잘 합의에 이른다. 언어의 이런 실용적 차원에서의 성공은 과학 언어의 경우에서 확장되고 증대된다. 물리학자, 화학자, 수학자들은 서로 완전히 이해하면서 대화할 수 있다. 그들의 문제는 그들이 임의적으로 사용하고 있는, 게다가 필요할 경우 자유롭게 개발해 쓸 수 있는 전문적인 표현을 해명해주기만 하면 해결된다.

여기서 언어의 성공은 각 전문 용어terme가 주어진 의미에 대응하고, 이 결정 자체도 대면하고 있는 개인들에게 공통적인 지평 안에서 확인된다는 사실에 기인한다. 두 공학자는 엄밀하게 정의된 어휘의 닫힌 장 안에서 서로 마주하고 있으므로, 그들 사이에서 일어날 수 있는 논쟁은 그 너머 멀리까지 확장될 수 있는, 이전의 일치에 종속되어 있는 것으로 보인다. 마찬가지로 가족이나 노동자 집단의 일상생활 속에서도, 파롤의 교환은 포괄적인 합의의 토대 위에서 실현된다. 유클리드 기하학이나 콘크리트 기술을 받쳐주는 것보다는 덜 엄격하게 형식화되어 있지만, 그럼에도 불구하고 상호 묵시적인 합의에 의해 충분히 정의되어 있다. 전문가적인 생활과 마찬가지로 가족의 생활도, 이들이 사용에 의해 체계화된 평균적 의미의 차원에 머물러 있는 한, 언어를 손쉬운 도구로 생각한다. '유람열차' 칸에 우연히 함께 모인 주말 여행객들은 아주 편안하게 비와 좋은 날씨에 대해 이야기를 나눌 수 있다. 그들은 서로 완벽하게 이해한다.

그러나 어떤 사람은 이들이 서로 그렇게 잘 이해한다면 이는 그들이 말할 거리를 아무것도 가지고 있지 못하기 때문이라고 하는 반론을 제기할 것이다. 그들은 서로 사전에 하찮은 공통의 척도에 의해 조율되었다. 그들이 자신 있게 말하는 상투어*lieux communs*가 그들 개성을 대신한다. 학자와 기술자에게 있어서처럼, 그들도 통일적인 객관적 체계로 전향하기 위해, 하지만 다른 방식으로 그들의 개성적 주장을 포기하였다. 그들 간에는 오해의 위험이 전혀 없다. 왜냐하면 그들이 규칙을 충실히 지키는 한, 그들은 모두 같은 것을 말하고 있기 때문이다. 사람들은 난관을 우회함으로써만, 다시 말해 같은 합창단에서 각자 노래 부르는 자들의 역할을 하기 위해서, 자신이 되기를 포기함으로써만 일치할 수 있을 뿐이다. 모든 언어는 체질상 공통분모라는 가치를 지닌다. 그러므로 말한다는 것은 모든 사람과 뒤섞이기 위해서 자기 자신에서 벗어나는 것이다. 독창성을 위한, 다시 말해 차이를 위한, 개성을 위한 언어란 없다.

이것은 키르케고어, 그리고 최근에는 칼 야스퍼스와 같은 사상가들에 의해 통찰력 있게 그리고 강력하게 잘 설명된 관점이다. 이들의 주장은, 파롤의 수행이 결국은 대화에 참여한 각 사람들을 평균적이고 비인격적인 개인으로 대체하고 만다는 것을 보여주기에 이른다. 다시 말해서, 언어는 존재와 사물의 외면만을 표현할 수 있을 뿐이다. 언어는 근본적으로 내면성을 표현하기를 거부한다. 왜냐하면 모든 파롤은 공표 *publication*, 선전publicité이기 때문이다. 파롤은 영혼에서 영혼으로 직접 접촉이 이루어지는 대신에, 표현 수단, 매개체에 의존하는 데 주력한다. 두 사람이 서로 대면하고 있을 때, 언어는 제3자의 입장에 서 있으며, 그들의 일치를 그르친다. 개인적인 진정성에 대한 욕망은 언어에 제3자 배제의 원리를 적용할 것을 요구한다. 공통적인 말, 수용된 관념들은 항상 바람직하지 않은 자기들의 모습을 강요하고, 또 항상 잘못인 그런 부재자들에 대한 감시를 강요하기 때문이다.

따라서 이런 점에서는 인간 파롤에 선천적인 결핍이 있다고 할 수밖에 없을 것이다. 나는 내 생각을 외부적인 모습, 표면으로만 보여줄 수 있을 뿐이다. 핵심은 항상 빠져나간다. 핵심은 사물이나 관념이 아니라, 나 자신의 고유한 태도, 내 전체적인 삶의 의도이기 때문이다. 내 존재의 이 지평은 명백하게 밝혀질 수 없지만, 그럼에도 불구하고 내가 말할 수 있는 모든 것의 의미가 확립되는 것은 그것과 관련해서인 것이다. 따라서 나는 나의 더 나은 자아를 공적으로 표현할 수 없으며, 두 인간이 절대적으로 일치할 수 없는 한, 나에게는 더 나은 타인에게로 접근할 그 어떤 방법도 없다. 따라서 사람들은 저마다 모든 타자들에게 하나의 비밀로 남아 있다. 직접적인 일치, 충만한 이해란 있을 수 없는 것이다. 교사는 학생을 가르친다. 그러나 그의 공직이고 객관적인 학설doctrine은 그가 끼치는 영향 중 최고의 것이 아니다. 담론 밖에서, 그리고 담론에도 불구하고, 교사와 학생 사이에 하나의 접촉이 이루어진다. 그것은 말 없는 대화이고, 매번 다른, 숨겨진 대화이고, 유일한 결정적인 대화이다. 따라서 위대한 교사의 휘광에는 신비가 깃들어 있는 것이다. 소크라테스, 그리고 최근 사람으로는 알랭이 각자마다 다르기는 하지만, 매번 결정적으로 제자들에게 참다운 매력을 발휘하였다. 그것은 알랭 저작의 독자나 소크라테스에 대한 동시대인의 증언자가 간신히 관념으로만 애써서 이르게 되었을 영향이다. 마찬가지로 현장의 예수la présence de Jesus는 그의 각 사도들에게 직접적이고 살아 있는 관계를 의미하였다. 그 관계의 핵심에서 파롤은 하나의 소명vocation이 되었고, 존재와 존재와의 만남이 되었으며, 실제로 발언된 몇 마디 말들은 그 관계에 대한 막연한 근사치에 불과한 것을 주었을 뿐이었다.

그러므로 여기서 파롤의 효력은 극복할 수 없는 한계와 마주친 셈이 될 것이다. 말은 개인적 진리에 직접 접근하지 못한다. 기껏해야 말은 일종의 이정표 역할이나 할 수 있다. 교사의 명시적인 가르침은, 그의 태도, 몸짓이나 웃음의 매력보다 못한 것으로 여겨진다. 나머지 것은 침묵이다. 왜냐하면 결정적인 말le deniere mot, 한 인간의 가장 중요한 말은 말이 아니기 때문이다. 인간들 사이에서의 가장 실제적인 의사소통은 **간접적인 의사소통**communication indirecte이다. 말하자면 그것은 언어임에도 불구하고 행운이라는 수단을 통해서— 그리고 종종 언어의 상식적 의미와는 반대로— 일어난다. 우리들 각자에 있어 최후의 은신처는 파롤이 접근할 수 없는 영역이다. 거기에서 영혼은 시인 릴케가 언명한 것처럼 이런 '기묘한 확실성'을 가지고 그림자 속에서 그리고 침묵 속에서 홀로 있다. "본질적으로 향상시킬 수 없는, 고작 시시한 범용을 넘어선 핵심적인 것은, 홀로나 다름없는 무한히 고립된 누군가에게서처럼, 가장 완전한 고독 속에서 결국 수용되고 감내되고 극복되어야 할 것이다."(『편지』, 1909년 11월 4일, trad. Pitrou)

간접적인 의사소통이라는 주제는 각자의 삶에서 비밀스러운 중심을 강조하는 사람의 견해와 연결되어 있다. 침묵은 파롤보다 더 진실하다. 그리고 시인과 작가는 종종 그들의 표현하려는 엄청난 노력을 가로막는, 표현 불가능한 것의 장벽을 강조해왔다. 바로 위대한 시인들의 모호함, 랭보, 말라르메, 발레리의 난해성hermétisme은 필요하면서도 불가능한 폭로의 역설을 분명히 보여준다. 포로부터 이미지를 빌려오면서 보들레르는 '벌거벗겨진 내 마음'이라는 제목하에 이 공현épiphanie의 욕망, 전적인 자기 계시의 욕망을, 구원적인 탐구이기도 했던 욕망을 표명한다. 하지만 모호함은 해소되지 않는다. 우리가 말하면 말할수록, 우리는 점점 더 침묵하게 되고,

말하려고 애쓰면 애쓸수록, 점점 더 돌이킬 수 없는 침묵 속으로 빠져든다. 만일 육체가 하나의 무덤이라면, 그리고 세계가 지하 독방이라면, 언어도 마찬가지로 우리 자신을 벽에 가두는 또 다른 감옥이다. 이는 언어가 우리를 완전히 자유롭게 해주어야만 하는 것으로 보인다는 점에서 그만큼 더 잔인한 감옥인 것이다.

철학, 예술 그리고 신비주의의 모든 일반적인 논거들은 실제로 어렵기는 하지만 궁극적으로 그런 것은 아니다. 대화 조건에 대한 보다 엄밀한 분석은 결국 이 좌절의 계기를 넘어서게끔 해주어야 한다. 가장 시급한 것은 파롤이 들어서는 특수한 상황 맥락 속에서 파롤을 파악하는 것이다. 하나의 문장은 무조건적으로 주장되지 않는다. 그것은 대화 참여자들 간의 어떤 관계 상태를 전제하며, 또 공통적인 가치에 상당하는 한 언어의 지평을 전제한다. 일상 용법에서 문맥은 당연한 것으로 간주된다. 그래서 문자 그대로의 텍스트는 자기 충족적인 것처럼 보인다. 친숙한 대화나 신문 사설은 묵시적으로 인정된 평균 가치에 따라 단번에 조정되는 기존 언어를 따른다. 괴리와 오해는 대화 중인 어느 한 사람이 상호 묵시적인 합의를 거부하고 일상 언어의 사회 계약을 파기하려고 할 때만 나타난다. 그러면 무의식적이고 막연한 파롤이 진정성 있는 파롤로 대체되는데, 이것이 온갖 장애와 부딪치고 있는 것이다.

그럼에도 불구하고 이 진정성 있는 파롤에 대한 조사는 가치 있는 언어의 의미를 추출할 수 있게 해줄 것이다. 사실 파롤의 의미는 세 개의 구분되는 요소에 의존하는데, 이 세 요소를 합했을 때에만 파롤은 정당화된다. 무엇보다도 먼저 이 파롤이 누구의 파롤인지를 생각해야만 한다. 말하는 자는 어떤 자격으로 말하는가? 그는 일용노동자인가, 바람에 날리는 꽃씨처럼 마구 말을 쏟아내면서 스쳐 지나가는 행인인가? 아니면 그가 주장하는 것에 책임을 지는 사람인가? 그리고 얼마까지 책임을 지는 사람인가? 따라서 여기에는 파롤의 강도를 측정해주는 개인적인 특성이 있다. 그것은 인간 존재를 폭로할 수 있다. 약속과 맹세는 직접적으로 한 사람이 자기가 말한 것과 일체가 되겠다고 하는 가치 태도를 표명하는 것이다. 그러나 대부분의 우리 문장들은 그런 사적인 지향tension intime 을 보여주지 않는다. 그것들은 얼마간 개인적인 존재와 단절되어 있다. 적절한 평가는 말하는 사람이 자기 파롤에 진정성을 더 많이 배합하는지 더 적게 배합하는지를 가지고 시험되어야 한다.

그러나 말하는 자만을 준거로 삼는 것은 일면적이다. 우리는 타자도, 즉 문장이 누구에게 보내지는지도 고려해야 한다.

이 목표는 본질적이다. 왜냐하면 언명된 파롤은 화자들 간의 상호성이 있을 경우에만 진정으로 효력을 가지기 때문이다. 만일 그들이 태도에서 서로 일치하지 않고 어긋나 있다면, 필연적으로 오해가 생겨날 것이다. 말의 글자 그대로의 의미는 이해될 것이겠지만, 그들의 참뜻sens en valeur은 빠져나갈 것이다. 어떤 사람이 내가 농담을 할 때 내가 진지하다고 생각하거나, 내가 아주 진지한 말을 할 때, 농담을 한다고 생각한다면, 나의 파롤은 도중에 그 의미를 상실할 것이다. 깊이 있고 긴박한 주장, 고백, 마음으로부터 우러나오는 증언들은 말하고자 한 것만큼 받아들이기 어려워진다. 충분한 의사소통에 도달하기 위해서는 일종의 예비적인 일치로 양쪽에 다 똑같은 열정을 요구한다. 내가 말을 할 때마다, 내가 말하는 것은 내 언어가 겨냥하고 있는 타자에게 의존한다. 상관없는 사람이든, 적이든, 친구든, 우군이든 말이다. 의미는 항상 협동의 산물이다.

끝으로 이 협동 자체는 무조건적으로 실행되지 않는다. 시간moment은 모든 언어 표명의 세 번째 차원이다. 각각의 파롤은 그 나름대로의 상황의 파롤이고, 각각의 말은 역사적인 낱말이다. 상황은 어떤 화제propos에 의미를 주기에 충분하다. 그래서 그것이 결정적인 순간에 표명되기 때문에 상황은 결정적이 된다. 이런저런 죽어 있는 파롤들은 어떤 역사적 인물의 최신의 파롤이 아니었더라면, 사람들의 기억 속에 머물러 있지 못했을 것이다.

그러므로 온전한 해명exégèse은 말을 한 사람의 말로 생각하는 것으로 만족해서는 안 된다. 다시 말해 모든 파롤을 단일한 평면에 투사시키는 것으로 만족해해서는 안 된다. 우리는 일종의 입체적인 연구를 해야 한다. 이런 연구에서 언명énoncé은 매번 말하는 사람의 개인적인 개입의 정도에 따라, 상호 만남에 따라, 그리고 시간의 의미에 따라 그 모습과 생명을 얻는다. 담론의 외관상의 내용은 그 개인적인 의미 앞에서 사라진다. 게다가 그런 평가는 바로 상황의 의미가 어떤 식으로 재생되어 있는 그런 사람에 의해서만 수행될 수 있을 뿐이다. 한계 상황에 놓인 극단의 파롤은 다른 한계 상황 속에서만 그 온전한 의미를 붙잡을 수 있을 뿐이다. 모든 참된 이해는 그 자체가 하나의 성취이다. 영웅들은 영웅들과 말을 하고, 시인은 시인들과 말을 한다. 그리고 성자의 호소는 우리 안에서 자각되지 않은 성스러움의 가능성을 우리에게 줄 경우에만 효력이 있을 뿐이다. 불가해incompréhension는 타인의 요구에 적대하는 거절fin de non-recevoir이며, 동시에 우리들의 어떠한 한계의 확정이다. 그래서 우리들은 자신에 대해서 이방인이

될 수 있다. 그리고 한때 아주 높은 가치 의식에서 지탱된 우리들의 삶이 관습적인 통속성에 빠져버리기 때문에, 전에 우리가 취했던 어떤 태도를, 우리가 했던 약속을 이해하지 못할 수 있다. 그래서 우리는 고음을 낼 수 없어서 다시 낮추는 목소리처럼, 약속을 지키는 것을 포기한다. 왜냐하면 한때 우리를 비추어준 현실적인 의미를 이제는 우리가 유지할 수 없는 것으로 드러나기 때문이다.

따라서 언어 비판은 이런 것이 평범한 것이라고 생각해서는 안 되며, 또 어떤 누구라도 그 무엇에 대해서든, 그 누구에게든, 어떤 시간에서든 말할 수 있다는 생각을 가지고 출발해서는 안 된다. 의사소통의 간접적인 성격을 강조하는 사상가들은 통상, 마치 진리가 파롤의 본래적인 특징이었던 것처럼, 완전한 언어라는 일종의 우상을 만든다. 이제 파롤은 본래부터 참이 아니다. 파롤은 시간을 통해 사람과 사람을 연결시키는 사이-내 존재entre-deux일 뿐이다. 언어는 의사소통의 수단이라고 정의되지만, 의사소통 그 자체는 아니다. 파롤에 대한 비난은 보통 진리가 담론으로서 제시되어야 하는데, 실제로 어떠한 담론도 진리와 동가가 아니라는 것이 별 어려움 없이 보여진다고 하는 지성주의적 편견에 근거해 있다. 어떤 철저한 심문이나 재판을 상상해보라. 거기에서 사람들은 예를 들어

피의자에게 **사실대로** 말할 것을 명령한다. 표면상으로는 심문자와 심문받는 자의 성실한 노력에도 불구하고, 본질적인 것은 숨겨진 채로 있다는 느낌이 계속 든다. 실제적으로 모든 것이 들춰내졌지만, 그러나 의혹은 여전히 남아 있다. 언어가 해명해내지 못하는 인간적인 의혹인 것이다. 사실들이 밝혀진다. 그러나 의도는 애매한 채로 남아 있다. 이 사람들 자신들이 결백하지 않기 때문이다. 재판을 목격한 기자는 이렇게 결론짓는다. "결코 진실은 밝혀지지 않을 것이다." 잘못은 언어에 있는 것이 아니다. 여기서 진리가 말해질 수 없다면, 그것은 진리가 하나의 말하기ᵘⁿ dire가 아니라 하나의 인간 존재이고 하나의 행동이기 때문이다.

따라서 말을 하는 것이란 마치 존재가 말과 함께 전달되도록 하는 것으로 족한 것이란 듯이, 의사소통은 먼저 언어와 존재가 동일하다고 주장했을 경우에만 간접적일 뿐이다. 이세 의미는 언어 속에 있는 것이 아니라, 온갖 수단으로 자신을 최선의 것으로 실현시키려고 하는 인간 속에 있다. 파롤은 이런 인간에 의한 인간의 교육에 공헌할 수 있고, 존재의 이런 공헌에 공헌할 수 있지만, 그러나 여기서 그것은 이차적일 뿐이다. 말은 모든 노력을 면제해주는 마술이 아니라, 진리에 따라 인간을 실현해가는 이런 고행의 행로에 있는 길잡이

point de repère이다. 절대적으로 완전한 언어라는 이념은 절대적
으로 완전한 인간이라는 이념만큼이나 거짓이다. 살아가고
있는 인간은 행진하고 있는 인간이고, 이 행진의 수행은 자신
을 깨뜨리면서도 간단없이 안정을 재확립하는 데 있다. 파롤은
특히 인간 존재의 이 영속적인 운동에 대한 귀중한 상징인바,
이 운동은 명확하게 표현하는 것과는 반대되는 것이다.

따라서 작가의 표현 욕망과 충돌하는 표현할 수 없는 것에
대한 경험이라는 것도 정당화된다. 모든 표현은 모든 가능성의
현실화일 것이고, 개인적 현실을 이루는 존재의 모든 후보자들
을 해방하는 것 — 일종의 인간의 종말 — 일 것이다. 그런
경험은 그 한계까지 통과하는 것을 전제하는데, 특별히 강렬한
어떤 실존의 순간에서 그런 생각이 주어질 수 있다. 예를
들어 눈 깜짝할 사이에 전 생애를 다 포착하는 것으로 여겨지
는, 죽어가는 사람의 의식에 파노라마처럼 펼쳐지는 광경이
그것이다. 그런 상황은 인생의 정상 제도뿐만 아니라 파롤의
평면을 초월한다.

말은 우리에게 우리다움의 실현을 위한 받침점을 제공한다.
그러나 우리의 결정적인 말dernier mot은 그저 말인 것이 아니다.
영성체를 주는, 또는 사랑과 진리에 대해 최종적으로 동의하는
최상의 말은 자기에게서 자기로, 자기에게서 타자에로 가는

랑그의 고행을 전제로 한다. 그것들은 결코 면제받을 수 없었을, 살고자 하는 노력에 대한 대가이다. 참다운 인간homme digne de ce nom은 언어의 구조적인 불충분성을 비난하지 않는다. 그는 언어에 접근하기 위해, 파롤에 그 최고의 생명을 주기 위해 힘껏 노력한다. 위대한 시인은 "가장 아름다운 시들은 결코 쓰여지지 못할 시들이다."라고 부르짖지 않는다. 가장 아름다운 시들은 언어를 복종시키기 위해서 언어와 가장 잘 맞붙어 싸울 수 있는 시인들에 의해 쓰였던 시들이다. 발자크, 도스토옙스키와 같은 위대한 작가는 표현할 수 없는 것을 비난할 때가 아니라 그것을 표현했을 때 그 표현할 수 없는 것을 이겨낸다. 생각만 있고 행동으로 옮길 수 없는 천재는 자기의 무능력을 감추기 위한 변명이나 찾는 몽상가일 뿐이다. 가능한 것으로부터 현실적인 것으로의 통과는, 근거 없는 공상에서 벗어나 있는 모든 사람에 대한 효과적인 척도를 제시한다. 이런 의미에서 언어와 사고 간의 간격은 없다. 왜냐하면 언어는 사고이기 때문이다. 불완전하게 표현된 사고는 불충분한 사고이다.

모호함으로 인해 작가들이 종종 비난을 받는 것도 같은 식으로 이해되어야 한다. 고지식한 독자는 신문 사설만큼 쉽게 이런저런 문학 텍스트를 이해하지 못하기 때문에 분노한다. 그는 대뜸 작가가 의도적으로 모호하게 집필한 것을 비난할 것이다. 그러나 문학에서뿐만 아니라 회화와 음악에서 적실성 있는 난해성은 세계의 본래적인 모습을 명확히 보여주기 위한 예술가의 투쟁의 보상일 뿐이다. 한 스타일의 연마는, 창작자를 기존 언어의 온갖 기성 표현으로부터 벗어나게 하는, 적확성의 요구에 부합하는 것이다. 그는 때때로 영웅적인 투쟁을 벌인 대가로, 통상적인 의미로부터 그의 것인 고유의 의미로 이행해 가야 한다. 모네, 드뷔시, 말라르메 또는 클로델의 작품을 이해하기 위해서, 아마추어는 노력해야 한다. 창작자의 노력은 상호적으로 비슷한 노력을 요구한다. 의사소통은 어려움의 분담을 내포한다. 그런데 일반 독자, 청자나 평범한 관객은 아무 대가 없이, 창작자에게 많은 수고를 하게 해주었던 것을 얻을 수 있다고 믿는다. 그는 항상 모든 사람들처럼 말하고 느끼는, 유행을 좇는 작가나 예술가들을 선호할 것이다. 하지만 새로운 언어의 난해함은 그것의 창조적인 독창성이 새로운 일상 의미를 낳게 될 때 약화될 것이다. 그들의 새롭고 난해한 언어가 인정되고, 모든 사람의 언어가 될 때, 어제의 혁신자들은 오늘의 고전 작가들이 된다.

그러므로 간접적인 의사소통이라는 개념은, 문제가 되고 있는 것이 바로 인간의 본성인데도 언어를 비난하는 것처럼 보이는 한, 재해석을 요구할 것처럼 보인다. 간단히 말해서 간접적인 것은 의사소통이 아니라 인간 자신이다. 표현의 한계와 의사소통의 한계는 바로 개별적 인간의 한계이다. 침묵과 비밀이라는 자주 반복되는 주제는 그 자체가 이런 관점에서 이해되어야 한다. 틀림없이 인간적 비밀이 존재한다. 우리가 우리 자신을 없애지 않고서는 모든 것을 말할 수 없기 때문이며, 담론의 차원에서 모든 한정은 부정이기déter- mination est négation 때문이다. 그러나 이 비밀은 단지 현실적인 것과 가상적인 것, 사실과 가치, 현재와 미래 사이의 모호한 경계선일 뿐이다. 그것은 표현에 반대하는 거절이 아니라, 출발점이며 바로 개인적인 주장의 재료이다. 마찬가지로 어떤 파롤보다도 더 우아하고, 더 풍부하고, 더 결정적이라고 하는 침묵에 대한 변호는 하나의 혼동에 근거해 있다. 침묵은 본래 특수하게 농축된 표현 형식이 아니다. 그것은 현존하는 의사소통의 내부에서 의사소통의 보완물로서만, 또는 기존 언어의 최종적인 승인으로서만 의미를 가질 뿐이다. 충만한 침묵뿐만 아니라 빈곤한 침묵, 결핍된 침묵도 있다. 그리고 전자를 충만하게 해주는 것은 침묵이 아니다. 인간관계는 일치communion를 확인하기 위해 말이 쓸모없게 되는 절대적인 지점에로까지 다른 수단에 의해 발전했어야만 했다. 그러므로 침묵에는 그 어떤 본래적인 마술도 있지 않다. 침묵은 현행의 일치나 불일치라는 화성이 표출될 수 있는 대화 속에서의 한 공백이다. 침묵은, 만일 있다고 한다면, 그 화성이 문제가 될 때 파롤에 깊이를 주고 또 거리를 준다.

그러므로 우리는 간접적인 의사소통이라는 개념을 더 진정성 있는 의사소통이나 덜 진정성 있는 의사소통이라는 개념으로 대체해야만 한다. 다시 말해, 언어의 고정된 경계가 있는 것이 아니라, 인간의 경계들이, 의사소통과 관련하여 다소간 멀리 이르는, 각 개인에게 고유한 경계들이 있다. 언어는 우리 구현의 주체 중의 하나이다. 언어 속에서 자신의 고유한 표출을 위해 투쟁하고 있는 인간의 욕구가 구체화된다. 인간의 전형적인 활동은 세계 속에 있으면서 의미를 추구하려는 노력이다. 독일 철학자 야스퍼스의 멋진 말에 따르면, 의사소통하려는 의지는 철학자의 신앙이다. 그것은 온갖 장애에도 불구하고 의사소통하려는 욕망이고, 자신과 의사소통하려는 욕망이다. 그것은 인간들 사이에서 평화 상태를 실현하려는 의지, 다시 말해 오해와 폭력을 넘어서 효과적인 협동에로 확장되고 효과적인 협동에서 검증되는, 완전한 화합을 실현하려는 의지인 것이다.

# 10장 파롤의 세계

　인간에게 파롤은 사회적이고 도덕적인 차원에서 실존과
자기주장의 시작이다. 파롤 이전에는 유기적 생명의 침묵만이
있을 뿐이다. 더구나 이것은 죽음의 침묵이 아니다. 왜냐하면
모든 삶은 의사소통이기 때문이고, 또 태어나기 전에도 태아는
어머니의 생물학적 순환 주기 속에 포함되어 있기 때문이다.
그러나 유기체적인 반응 속에 갇혀 있는 태아, 갓난아기는
종속적인 실존만을 알 뿐이다. 개별성의 주장은 그런 실존이
거리를 두게 될 때, 파롤이 그에게 자아의 환기évocation와 타인
에게 호소함invocation이라는 이중의 능력을 부여할 때 시작된
다. 인간 존재는 참여 속의 존재이며, 고독의 경험은 자신의

현존 속에서 타인의 부재를 의식하는 어떤 한 방식일 뿐이다. 개인적인 현실은 군중과 대립되어 있는 본래적인 단일성으로서 이루어져 있지 않다. 그것은 의사소통의 차원에서 체험된 복수성으로부터, 관계의 중심으로서의 자기 인식의 점진적인 구성을 향해 나아간다.

말한다는 것, 그것은 깨어 있다는 것이며, 세계와 타자를 향해 이동해 가는 것이다. 파롤은 인간이 환경의 속박에서 벗어나는 덕분에 출현하는 것이다. "열려라, 참깨!" 모든 말은 과거로부터 미래로 가는 출구를 열거나 문을 나서는 하나의 마술어이다. 파롤은 새로운 양태의 현실을 창립한다. 파롤은 고유한 보존 법칙에 따라 새로운 물리학을 지배하는 힘의 장에서 전개된다.

이런 관점에서 파롤을 가지고 타인과 의사소통하는 일을 박탈당한 사람의 상황보다 더 의미 있는 것은 아무것도 없다. 선천적인 청각 장애인은 언어 장애인이기도 하다. 귀는 목소리의 교사이기 때문이다. 이런 의사소통 수단의 결함은 그것이 그저 수단이 아니라는 것을 잘 보여준다. 왜냐하면 이 결함은 거의 전적으로 지성의 마비와 마찬가지인 것이기 때문이다. 농아인들은 그들의 결핍된 의사소통을 간접적인 방식으로 복구시켜주는 수단을 사람들이 찾아주기 전까지는 일종의 백치, 식물적 존재 상태에 놓여 있기 십상이다. 그들에게 파롤을 되돌려줌으로써 그들은 인간 존재가 되었다. 오랫동안 정상적인 생활을 한 후에 청각 장애가 찾아온 사람들의 경우도 그에 못지않은 증거를 보여준다. 베토벤이나 마리 르네뤼의 고뇌는 그들의 장애가 실명보다 더 견디기 힘들다는 것을 보여준다. 이것은 몽테뉴가 예견했던 것이기도 하다. 몽테뉴는 말한다. "만일 내가 지금 선택하지 않을 수 없었다면, 내 생각으로는 듣거나 말하는 것을 잃는 것보다는 차라리 보는 것을 잃는 데 동의했을 것이다."(『수상록』 III, 8) 사실 보는 것은 우리를 자연과 교제하게 하지만, 그러나 청각은 인간 세계에 특유한 감각이다. 이 점을 깨닫기 위해서는 우리가 활기 띤 사회 속에 끼어들어 있는 어느 날, 우리 귀를 막아보는 것으로 충분하다. 이런 인위적인 청각 장애자 경험은 눈앞에 있는 사람들의 행동을 완전히 이해하지 못하게 만든다. 그래서 몸짓, 태도, 온갖 흉내는 목소리의 다른 결과인 것처럼 보일 것이다. 파롤은 표현의 핵심적인 차원이다. 파롤을 없애는 것은 인간적 현실을 일종의 부조리한 무성 영화로 만들어버리는 것이다. 따라서 청각 장애자의 불행은 일종의 추방에 상당하는 것임에 반해, 시각 장애자는 사회와 연결되어 남아 있다. 실제로 시각 장애자는 모든 사람의 연민을 불러일으키지만,

청각 장애자는 조롱을 받는다. 『귀머거리 이야기』는 시각 장애자에게는 결코 행사되지 않는, 사회적 악의를 통해서 그의 소외를 시인하는 것이다. 시각 장애자에 대한 우스개 이야기는 없다….

그러므로 파롤은 사회적 통합의 인간적 기능이다. 파롤의 사회학은, 여기서 의사소통의 고유한 차원으로 생각되는 언어의 인간적 현실을 우리가 설명하려고 한다면, 필요불가결한 것이다. 그래서 언어 연구의 현장은, 매우 다양한 구조와 의도와 관련되는 한, 극도로 광대한 것처럼 보인다. 우선 어느 정도 완전한 합의 속에서 여러 사람들을 결합시켜주는 언어는 공통적인 참조 영역을 전제하는데, 이 영역은 처음부터 주어진 것으로 의사소통의 발전에 의해 계속 개정된다. 그러나 이 참조 영역 자체는 단순하지 않다. 그것은 분석해 감에 따라 증가한다. 그것의 첫 번째 그리고 가장 명백한 형식은 어휘와 문법의 형식이다. 파롤의 교환은 사회적 권위에 의해 보증된, 한 언어의 묵시적인 인지를 의미한다. 랑그의 사용은 그 자체가 어떤 사고 규칙들에 준거해 있다. 사고 분절 규칙에 대한 일치가 없다면, 서로 관계하고 있는 관념들의 적합성이나 부적합성에 대한 일치가 없다면, 우리들은 토론에서 또는 간단한 대화에서조차도 서로를 이해할 수 없을 것이다. 파롤의 공통적인 사용은 추론의 올바름을 위한 규범의 총체인, 논리학이라는 또 다른 사회적 계약을 전제한다.

그러나 그저 형식적이기만 한 이런 진리의 이념은 인간들 간의 관계를 보증하기에 충분하지 않다. 또 다른 의미의 타당성이 우리들의 일치나 불일치에 권위를 부여하기 위해 개입한다. 의견들을 넘어서 상급 재판소가 판결을 내리는데, 이 재판소는 최종적으로 오로지 사고들 간의 질서를 잘 유지해주는 일을 맡아 한다. 성 아우구스티누스는 이렇게 말했다. "당신이 말한 것이 참이라는 것을 우리가 서로 보고, 내가 말한 것이 참이라는 것을 우리가 서로 볼 때, 우리는 어디에서 그것을 보는 것이냐고 나는 묻고 있다. 분명히, 내가 그것을 보는 것은 당신 안에 있지 않고, 당신이 그것을 보는 것은 내 안에 있지 않다. 우리들은 둘 다 우리들의 지성을 넘어서 있는 불변의 대 진리Vérité 속에서 그것을 본다."(『고백』, XII, xxiv, 35, trad. Labriolle) 형식은 내용을 요구한다. 파롤의 교환 속에서 관념들의 유통은 그 자체로 초논리적인 가치의 중재를 전제한다. 한 개인은 자기의 기본적인 태도를, 그를 그다운 것으로 만들어주는 원리들에 복종하는 데에서 확인한다. 따라서 어휘 차원에서의 일치accord는 어떤 사유 놀이 규칙의 인식을 전제하는데, 이 규칙들은 그 자체가 일치를 가능하게 해준다는 점에서 초월적 가치에 종속되어 있다.

따라서 언어를 통한 의사소통에 그 의미를 주기 위해 일련의 계층화된 예들이 생겨난다. 말의 자동운동 층위에서, 단순한 어휘의 층위에서 전개되는 것처럼 보이는, 단속적인 말propos 의 교환이 있다. 우리가 형식적인 논증을 사용하는 기술적인 토론은 좀 더 논리의 질서에 속해 있을 것이다. 반면에 두 사람이 서로 기탄없이 대면하게 되는 친밀한 대화는 우리들 운명의 굴곡을 지배하는 의미의 차원에서 펼쳐진다. 그러나 우리는 여기서 이 대립들을 엄격하게 잘라 세워놓으려고 해서는 안 된다. 파롤의 사용은 모두 어느 정도 우리가 구분한 이 세 개의 기준을 내포하고 있다. 왜냐하면 어휘에 있어서의 일치는 어떤 형식적인 구조의 수용 없이는 이루어질 수 없고, 가장 엄격한 논리도 의미와 관련해서만 그 의미를 얻을 뿐이기 때문이다. 논리학자들의 논쟁보다 더 격렬한 것은 없을 것이다. 그리고 그들의 지성적 방법의 정확성은 공통적인 해답을 찾아내는 데 그들에게 거의 도움을 주지 않는 것처럼 보인다.

따라서 파롤의 온전한 이해를 위해서는 파롤 자체가 전개되는 데 따른 다양한 용법을 구분하는 것이 중요하다. 이렇게 함으로써 담론 운용의 다양한 상태들이 드러난다. 우리들은 말을 해갈 수 있다. 왜냐하면 우리는 자기 자신과 그리고 자신과 타자 사이에서 이미 실현된 합의를 긍정하고 발전시키는 데 일치하고 있기 때문이다. 개인적인 독백이나 대화는 온화하고 암시적인 친교의 파롤이다. 이 파롤에서는 논리가 더 이상 개입되지 않는다. 왜냐하면 가치의 공동체는 계속 말의 교환을 함양하기 때문이다. 이런 파롤은 평화와 안정의 파롤이며, 혼자서 부르든 교대로 부르든 양심에서 우러나오는 서창곡recitatif이다. 그러나 우리는 또한 가능한 오해를 해명하려는 선의의 대면에 의해, 자기 자신과의 일치 또는 타자와의 일치를 찾기 위해 말을 해갈 수 있다. 여기서 표현은 주도적이 된다. 왜냐하면 전문 어휘를 정의하면서, 또 개념의 연관 규칙들을 명확하게 해주면서 참조 영역을 밝혀줄 필요가 있기 때문이다. 따라서 먼저 논리적인 관심이 제일선에 나타난다. 최종적으로 일치나 불일치가 각각의 근본적인 선입관parti pris을 형성하는 의미 구조에서 결과할지라도 말이다. 우리는 또한 타자에게 일치를 강요하기 위해서, 우리 자신의 관점을 강요하기 위해서 말할 수 있다. 여기서 협력은 제국주의에 자리를 양보한다. 전문 기술의 역할이 극대치에 도달한다. 수사학, 변증술, 궤변술은 논리학을 지배 욕망의 도구로 만드는 전통적인 형태의 설득 기술을 대표한다. 설득한다는 것, 그것은 정복한다는 것이다.

따라서 파롤의 사용은 만남의 구성적 원리로서 나타난다. 독백, 대화, 좌담, 논쟁, 설교 또는 변론은 인간들 사이의 또 다른 모양의 공존을 나타낸다. 다시 한 번 우리들은 말이 인간 존재의 증인이라는 것을 확인한다. 담론의 세계 속에서 놀이되고 있는 것은 바로 인간 영혼의 운명이다.

# 11장 말하는 인간

만일 우리가 다양한 언어 사용을 열거하려고 한다면, 가장 단순한 방법은 물론 정량적 관점을 채택하는 것일 것이다. 많은 언어 수행자들은, 그 언어가 독백인지, 대화인지, 참여자가 많기도 하고 적기도 한 좌담인지, 또는 끝으로 대중을 앞에 두고 하는 연설인지에 따라, 그때마다 언어 장르의 규칙과 그 성격을 변경한다.

독백은 이 파롤의 사회학에서 가장 제한된 형태인 것처럼 보인다. 독백은 그 용도가 전적으로 개인적인, 고독한 인간의 언어이며, 말의 모험 속으로 뛰어드는 일종의 첫 진출이다. 19세기 말에 심리학자와 철학자들은 이 언어의 최초 사례에 특히 관심을 기울였다. 그들은 이 언어를 '내면의 파롤'이라고 불렀고, 그것을 사고와의 관계에서 정의하려고 하였다. 그 후에 소설가들이 이 주제를 인계받아서, 말하고 있는 의식의 흐름을 재현하고자 하는 작품의 형태로 소생시켰다. 프랑스인 뒤자르댕Dujardin을 좇아서 그리고 미국인 포크너에 앞서서, 아일랜드인 제임스 조이스는 그의 대표 작품인 『율리시스』에서 이 장르를 실현하였다. 이 장대한 소설은 단 하루 동안에 한 인물에게서 일어난 내면의 독백을 표현하려고 한다. 거기에서 의식의 흐름은 그 의식 안에 무의식적으로 떠오르고 있는 사고에 낱말을 하나씩 환기시키는 하나의 서사시처럼 보인다.

문학이나 미학에 대한 고려를 제외할 경우, 내적 독백이라는 개념은 인간적인 문제를 제기한다. 개인의 의식을 이렇게 끊임없는 언어와 동일시하는 것보다, 더구나 작가에게는 예술의 극치인 진솔함과 동일시하는 것보다 덜 확실한 것은 아무것도 없다. 어쨌든 독백은 파롤의 출발점이 아니다. 독백은 오히려 파롤의 정상적인 수준 밑으로 떨어진 타락, 파롤의 이탈이나 후퇴를 보여주는 것일 것이다. 독백은 거의 은밀한 자위와 같은 파롤이다. 왜냐하면 우리가 자기 자신에게 말하는 것을 우리는 타인 앞에서 감히 주장하려고 하지 않기 때문이다. 이런 사고의 움직임은 우리 생물학적 존재의 가장 거친 명령에 직접적으로 복종한다. 여기서는 본능과 욕망이 주인으로 행세한다. 그것은 개인의 표현이 아니라, 그의 체감의 표현이며, 기껏해야 그것은 자신을 현실화하는 성숙한 힘을 결여한 한 실존의 몽상이다.

하여간 자기 자신과의 진정성 있는 친밀성이 타인과의 관계를 제거하지 않는다는 것을 밝혀주기란 어렵지 않다. 수년간 홀로 있었던 로빈슨 크루소나 또는 동시대인으로 북극 관측소에서 수개월 동안 홀로 땅굴 속에서 살았던 해군 제독 뷔르는 인간 사회와 격리되어 있지 않다. 그들의 독백은 내적인 것이 아니다. 그것은 외관상으로만 독백일 뿐이다. 활발하고 건설적인 사고가 계속 실제 인물들과 관련되어 있다. 이 호소는 좀 늦게 그의 수신인에게 도달할 것이다. 그러나 그것은 사고 활동에 활력을 주기 위한 하나의 의도로서 작용한다. 각 사람에게 있어, 새롭고 문제가 되는 사건에 직면했을 때 보이는 자연스러운 태도는 "그에 대해서는 이럴 거라고 말씀드릴 수밖에 없군요."라는 형태로 표명된다. 그리고 양심을 '신의 목소리'로 만들어버린 도덕가들은, 우리들의 고독한 묵상과 관련하여 우리들의 매 순간이 권위적인 청자를 전제한다는 것을 의미하였다.

그러므로 파롤의 사용을 위한 출발점은 독백이 아니라 대화이다. 사람이 말하기 위해 혼자 있는 것은 좋지 않을 뿐이다. 독백은 광기의 시작이고, 타인과의 대면은 지혜의 시작이다. 스페인의 비평가 유제노 도르는 이렇게 말한다. "모든 독백은 성격상 머리가 헝크러진 것과 같다. 머리빗이 그 빗살을 산발한 머리털에 끼워 넣듯이, 대화 덕분에 타자의 영혼이 우리의 영혼 속으로 스며든다. 타자의 영혼이 우리의 영혼 속으로 뚫고 들어와서 우리의 영혼을 가지런히 가다듬어준다."(『위대한 성자 크리스토프』, trad. Mallerais, Corrêa, 117쪽.) 이 비유image는 창의적이다. 그것은 명상을 이해할*intel*-ligible 수 있게 만들어주는 대화*dia*-logue의 효력을, 다시 말해, 고독한 개인에게 애초부터 혼동되어 있는 그 자신의 사고의 행간을 읽게 해주는 대화의 효력을 환기시켜준다. 게으른 몽상이 순순히 복종하게 된다. 타자는 의식의 진정한 방향을 잡도록 나를 훈련시키는데, 이는 이야기의 교환을 넘어서 진정한 협력을 확립해주는 것이다. 제2의 목소리는 동반자의 역할이나 한낱 반향의 역할에 한정되지 않는다. 그것은 공존의 학습에서 제1 목소리의 교육자가 된다.

그러므로 대화라는 시금석은 보편성을 받치는 근본적인 초석이자 가장 결정적인 초석이다. 만일 내가 타인에게 이해되기를 원하고 또 그들과 나의 확신을 공유하기를 원한다면,

나는 타자와의 단절 없는 정신의 결합을 확보하기 위해, 한 걸음 한 걸음씩 어려움을 헤쳐 나가야 할 것이다. 대화 상대방이 따라오지 못할 때는, 끊임없이 뒤로 돌아와서 다시 그를 책임지지 않으면 안 된다. 그래서 정신의 산파인 소크라테스는 반어법이라는 우회로를 통해 문제에서 답으로 나아간다. 그러나 이 유명한 예는 그 자체로 우리에게 대화의 힘에 한계가 있다는 것을 경고해준다. 소크라테스는 말하고, 그때마다 새롭게 눈을 뜨는 대화 상대방은 스승의 현란한 논의의 전개에 때때로 존경이 섞인 동의로 마무리하기 위해서만 개입할 뿐이다. 이 제2의 목소리는 대가가 숨을 멈출 때 쉬어가게 하는 작용만 할 뿐이다. 만일 진정성 있는 대화가 동등한 입장에서 이루어지는 공동의 활동이라면, 대화를 온통 다 차지하고 있는 소크라테스는 오히려 독백하는 사람인 것처럼 보인다. 어쨌든 그런 점에서 소크라테스는 철학의 아버지로 남아 있다. 왜냐하면 위대한 철학자의 특성은 바로 타인과의 합의에 이를 수 없다는 데 있기 때문이다. 철학적 대화는 플라톤의 대화편들처럼, 오로지 작가가 혼자 쓴 허구적 대화인 문학 작품들일 때에나 종결될 뿐이다. 마찬가지로 말브랑슈, 버클리나 라이프니츠도 그들 자신의 사고의 목소리를 마치 대화처럼 내고 있다. 그러나 철학자가 근거를 대라고 요구하는 다른 철학자와

만날 때, 그 결과는 거의 불가피하게 청각 장애자 간의 대화가 되고 만다. 그 증거로는 『성찰』의 비판자들과 마주친 데카르트, 메랑과 맞붙은 말브랑슈가 있다. 심지어 칸트나 아리스토텔레스도 자기들의 것과 다른 사상에 직면해서는 완전한 몰이해를 드러냈던 것이다. 불러오기로 하자면, 철학 사회의 변함없는 경험이 이 사실을 확증해줄 것이다. 사상가는 거의 항상 그들에게 건네진 말은 듣지 않고 혼자서만 말하는 사람이라는 사실을 말이다.

하지만 여기서 놀라거나 상심할 필요는 없다. 사실 철학적 대화는 더 이상 어떻게 해 볼 도리가 없는les jeux sont faits 그런 성숙한 개성과 대결하는 것이다. 그들은 그들 스스로를 부인하지 않고서는 부인할 수 없는 공고화된 사상을 표현하는 것에 자신들을 한정한다. 그럴 경우 전향은 아주 드물게 일어난다. 진정한 대화는 개방적이고 수용적인 태도를 전제한다. 그것은 각자가 자기의 확신을 재확인하는 데 그치는 무익한 토론과는 반대되는 것이다. 그런 무익한 토론에서 사람들은 조금도 양보하지 않은 채, 숨바꼭질 놀이를 하는 것으로 끝나거나, 논쟁에서 이기기 위한 매우 유감스러운 수단으로 욕설을 내뱉는 것으로 끝난다. 따라서 대화의 가치는 합리주의자들이 종종 생각한 것처럼 보이듯이 태도genre 그 자체에 내재해 있지 않다. 하나의 새로운 차원이 정신생활에 개방된다. 그러나 여기서 그것은 사랑이 없어서 단연 그 의미를 잃어버린 결혼과 같은 것이다. 부부의 대화는 계속되는 긴 부부싸움으로 귀착될 수 있다. 그런 대화는 다른 사람들과du reste du monde 그들을 갈라놓는 배타주의에 스스로 흡수되어 있는 부부를 다시 가둘 수도 있을 것이고, 그래서 일종의 둘 간의 독백이 되어버릴 것이다. 이런 독백에서는 자기를 중립화시키지 못하고 대신에 개인적인 자기중심주의가 따라붙는다.

대화는 구원의 가능성을 제공한다. 그러나 여기서 가능한 것에서 현실적인 것에로의 이행은 세계와 타자를 수용하고 개방하겠다는 결의를 전제로 한다. 파롤의 교환은 타인에 대한 인정에 기초해 있지 않다면, 대단한 것을 의미하지 않을 것이다. 대화하는 인간의 뚜렷한 특징은 말할 뿐만 아니라, 아마도 더 좋은 것으로서, 듣기도 한다는 점이다. 그것은 정신적인 환대로서 마주한 사람에게 마음을 쓰는 호의다. 즉, 압도하거나 정복하려는 욕망을, 군림하겠다는 거만을 배제하는 것이다. 진정성 있는 대화는 선한 의지의 인간과의 만남을 확인하는 일이다. 여기서 각자는 그 자신에게만 있어서가 아니라 서로의 공통적인 가치에서 타자를 인정하는 것이다. 그것이 최근의 예속 시기에서 대화라는 축복이 이미 예상된 해방을 가져다주었던 이유인 것이다. 그러나 이런 시간들은 드물며, 그것에 걸맞은 사람들에게만 주어질 뿐이다. 대부분의 사람들은 결코 대화하지도 못하면서 말을 주고받는다. 진부한 생각들이 그들의 관념을 이루고 있고, 그들의 좁은 사회 집단에 편만한 편견이 그들의 가치를 대신한다.

화자들의 수가 둘을 넘어설 때, 대화는 좌담*conversation*으로 대체된다. 참석자들이 증가함에 따라 친밀감은 감소한다. 왜냐하면 서로 다른 개인들이 더 관련되어 있을수록 그만큼 한담의 묵인된 참조 영역, 회중의 개인적인 공통분모는 줄어들 것이기 때문이다. 사람들이 더 많을수록, 그만큼 더 사람들은 자기의 속내를 털어놓지 않는다. 그렇지만 좌담은 가장 의미 있는 인간 존재 양태 중의 하나이다. 소설가들은 그것을 풍부하게 묘사했지만, 사회학자와 심리학자들은 당연히 받을 만한데도 그것에 전혀 주의를 기울이지 않았던 것처럼 보인다. 프랑스 문화에서 그것의 중요성은 결코 지나친 것일 수 없다. 수 세기 동안 '사회생활'은 좌담의 윤리와 전례에 기초해 있는데, 이것은 우리의 문학에 깊은 영향을 끼쳤고 또 그런 만큼 바로 프랑스 랑그의 천재들이 스며들어 있다. 외국인에게 프랑스인의 한 뚜렷한 특징은 그의 파롤의 우아함, 그의 정신의 유연성인데, 이것들은 모두 좌담의 놀이에서 그를 화려한

달변가처럼 보이게 만드는 것이다.

물론 여기서 그것은 분명한 목적을 두고서 하는, 또 결론에 도달하고자 하면서 하는 전문적인 토론과는 관계되지 않는다. 오히려 그것은 어떤 사회 규범에 따라 협력하는 선의지들이 교향악을 연주하는 것과 같은 좌담의 문제이다. 간단히 말해서 그것은 일종의 살아 있는 듯한 수공예품인 하나의 장식 융단이나 모자이크이다. 왜냐하면 여성들이 항상 그 실행에 활력을 불어넣어 왔기 때문이다. 중세 시대에 사람들은 이미 부인들의 방 안에서 담소하였고, 우아한 스타일로 사랑의 강좌가 군주의 거친 오락인, 사냥, 전쟁과 마상 시합에까지 울려 퍼졌다. 르네상스가 시작되면서부터 우리들은 조금씩 마상 시합이 살롱으로 대체되는 것을 목격한다. 좌담은 좀 더 특출한 또 다른 스포츠, 귀부인 주위에서 펼쳐지는 정신의 시합이 된다. 말귀리트 드 나바르, 랑부일레 후작 부인에서부터 18세기의 이들의 수많은 추종자들 및 19세기의 '대통령의 부인들'과 베르뒤렝에 이르기까지 말이다. 세련된 귀부인들의 '규방', 정신의 사교실, 살롱은 파롤이 독창적인 실존의 스타일로 말의 장식을 펼치는 제식 거행의 극장이 된다.

그리하여 17세기의 도덕가들에 의해 도야되고 정형화된 '신사honnête homme', 근대의 '사교계의 인사homme deu monde'라는 새로운 유형의 인간이 창조된다. 확실히 각 사람이 탁월한 달변가여야 할 것이 요구되지는 않지만, 놀이에서 두각을 나타낼 수 있다는 것은 중요하다. 사교적인 예절은 도덕적 의무와 같은 유형의 것이 된다. 예수회 수도사인 발타사르 그라시앙에 의해 유명해진 책에서 정의된 신사는 궁정 귀족이다. 세상 사람들을 좋아하지 않은, 그리고 신사의 장점을 악으로 돌린 파스칼은 그에게 항의할 유리한 입장에 있을 것이다. 바로 예절politesse이라는 개념 자체가 사회polis를 환기시킨다. 예의 바른 사람은 훌륭한 사회인이기를 맹세하며, 그것에 의해 자신을 자연과 대립시키고, 생존 투쟁과 단절한다. 이는 예절이라는 이 우아한 춤에서, 정신의 발레에서, 당당히 그의 역할을 맡아 하기 위해서이다. 이 정신의 춤에서 각자는 저마다 타인의 주장을 허용하면서 자신을 지우는 법을 알아야 한다. 그것은 모두의 일이 더 잘 수행되도록 각자가 그의 인격을 지불하는 상호 가치 부여의 규율이다. 그 보편적인 호소력에 있어 풍부한, 프랑스 정신과 고전적인 프랑스 언어는 이 점진적인 학습의 열매이며, 그리하여 우리가 세비네 후작 부인과 라신느, 라브뤼예르와 몽테스키외, 그리고 유럽의 경탄을 불러일으킨 달변가들인 볼테르, 디드로, 말라르메, 발레리에게 신세 지고 있는 것은 이것의 결과인 것이다.

하지만 좌담이라는 이 실내악은 그것의 반항인들을, 그것에 대한 의식적인 반대자들을 가진다. 그들은 그것이 인위적이고 거짓된 형태가 되어버리기 때문에, 영혼의 목소리를 질식시키는 정신의 불꽃놀이가 되어버리기 때문에 그것을 비난한다. 거기에서 아니무스는 아니마의 감시자가 된다. 어느 때나 대화자들, 학자들, 작가들의 항변이 있었다. 루소, 모리스 드 귀에랭, 비니, 톨스토이 그리고 앙드레 지드는 그것의 깊은 영향력에 우려하였고 또 틀림없이 이들은 달변에 서투른 자들이었다. 좌담은 끊임없이 이들을 자신들의 중심으로부터 벗어나게끔 강제함으로써, 자기 자신을 상실함으로써만 승리하는 그런 공동의 소외 속에서 타인과 경쟁시키려고 하면서, 이들을 짓누른다.

좌담의 비본래적인 요소는 물론, 청중이 아무리 한정되어 있을지라도 말하는 자에게 눈앞의 청중을 좌담이 제공한다는 사실에서 유래한다. 대화에서 대면하는 인격들은 대담을 광경으로 변형시키는 거리두기 없이 서로 함께 참여한다. 기본적인 청중을 구성하는 것은 삼인칭이다. 청중 때문에 그리고 청중을 위해서 서투른 연기가 생겨날 것이고, 그 연기는 청중의 수가 늘어남에 따라 계속 증대될 것이다. 교수나 목회자 또는 법률가나 정치가의 파롤처럼, 파롤의 사회적 용법은 웅변*éloquence*

이라는 새로운 장르를 결정한다. 여기서 상호성은 모두 사라진다. 한 사람만이 말하고 그의 특권적인 위치 때문에 그는 대중에게 옛 수사 기술 방법에 의해 공고해진, 가공할 만한 주술의 힘을 발휘한다. 사실 웅변가는 서양인의 한 전형적인 유형이다. 웅변가는 어떤 의미에서 고전 문화가 학생들을 단련시키면서 실현시키려고 애썼던 이상 자체를 대표한다. 20세기 초반까지 중등 교육은 '수사학' 교실에서 절정에 달했다. 라틴어에서와 마찬가지로 프랑스어에서 중학생의 논술은 '담론discours'이라는 이름을 지니고 있고, 산문 교육을 담당하는 교수들은 '웅변' 교수로 자리 잡고 있다.

우리들의 시대는 교육의 웅변적 성격이 사라지는 것을 목격하였다. 그러나 이 시대는 그의 파롤이 예외 없이 거대한 대중에게 매혹적인 힘을 발휘했던, 그런 독재자들이 출현하는 것을 보여주기도 했다. 우리의 시대는 선동가들을 불신한다. 쥘레 르나르는 오래전에 그의 일기에 이렇게 썼다. "한 개인에게 말하는 것보다는 대중에게 말하는 것이 훨씬 더 쉽다." 웅변가는 우리들을 대중 속에 매몰시킨다. 그리고 대중 속의 인간은 타락한 인간이고, 어떤 의미에서 복종시킬 수 있는 인간이다. 우리는 전체주의적인 대중의 열정적인 환호를 두려워한다. 보다 일반적으로, 웅변가는 항상 신뢰를 남용하고 있는 것처럼 보인다. 사실 웅변가는 들러리와 같은 대중 앞에서 과장되게 말하는 아무개가 아니다. 그는 자기가 말하고 있는 사람들의 대변자라고 주장한다. 변호사가 배심원단의 목소리가 되고 싶은 것처럼 교수는 학급의 목소리가 되고 싶어 한다. 독백인 것처럼 보이는 것이 일종의 대화, 그러나 동등하지 않은 대화에 상당하는 것이다. 그것은 아주 자주 나쁜 믿음이 좋은 믿음에 승리를 거두는, 영향력의 투쟁, 영향력을 위한 투쟁인 것이다. 정직한 웅변가들이 있을 수도 있겠지만, 그러나 웅변술은 정직하지 않다. 말하는 인간, 호모 로퀜스(말하는 인간), 호모 로쿠악스(말하기 좋아하는 인간)는, 타자 의식의 연출가는 아닐지라도 자기의식의 연출가인 것처럼 보인다. 그리고 그로 인해 항상, 진정하지 않은 것은 아닌지 의심받고 있는 것처럼 보인다. 우리들이 예술가를 찬양할 때조차도, 우리들은 결코 사람을, 혼자 힘으로 존재할 수 없는 것처럼 항상 승인을 추구하는 그런 사람을 신뢰하지 않는다. 요컨대 그는 그가 통제하는 바로 그 대중에 사로잡혀 있는 것이다.

웅변술의 몰락을 일으켰던 것은 인쇄술의 발명이다. 웅변술은 의미들이 혼동된 현재 속에 갇혀, 직접적인 것에 사로잡혀 있고, 또 시공 속에 배열될 수 없어서, 충동적인 정서에서 벗어나는 질서에 따라 구성될 수 없다는 사실이 밝혀졌다. 교묘한 꾀임에 빠진 본능들은 항상 이성을 눌러 이길 수 있다. 진리는 반성에서, 일반적으로 웅변의 마력이 어떻게든 막으려고 하는, 느리면서도 유익한 자기에로의 귀환에서 탄생한다. 그러므로 웅변가에 대한 반론은 그가 항상 위험스럽게도 사건의 현안actualité을 개인의 현안보다 앞세우려 한다는 사실에 있을 것이다.

# 12장 파롤의 고정 기술

　"그리스인들에게 있어서 모든 것은 사람에게 의존하였고, 사람들은 파롤에 의존하였다."라고 페느롱은 썼다.(『아카데미에 보낸 편지』, IV) 고대 문화는 전적으로 파롤의 문화로서, 파롤은 권위를 구현하고 또 유일하게 권력을 얻게 해주는 것이다. 고전기$^{antiquité}$의 역사와 고전기의 인간은 이 중요한 사실을 고려할 경우에만 우리에게 진실로 이해될 수 있을 뿐이다. 다시 말해서 시간을 관통하는 파롤의 진화가 있다. 새로운 기술의 출현은 실존 구조 자체를 변형시키는 전대미문의 차원을 파롤에 개방하면서, 파롤의 범위를 확장시킨다. 인간은 그저 말하는 존재이기를 그치고 읽고 쓰는 존재가 되었고, 그로 인해 세계의 얼굴이 변형되었다.

인간의 출현은 체험된 세계로부터 음성적 세계로의 이행을 이루는 이 첫 혁명을 전제로 하였다. 인간적 현실은 무엇보다도 일단의 명칭들로서 정의되며, 그것의 통일은 어휘의 통일이다. 최초의 문화는 번영해 가고 있는 파롤에 있고, 그것의 성격은 우리에게 신화적 의식에 대한 실마리를 주기에 충분하다. 왜냐하면 신화라는 낱말 자체가 그대로 파롤mythos을 의미하기 때문이다. 이런 형태의 삶에서 파롤은 살아 있는 표현 매체support와 연결되어 있다. 파롤은 누군가의 파롤이고, 누군가에 의해 말해진 파롤인 것이다. 파롤의 유일한 저장소, 유일한 보존 방법은 개인의 기억이고, 그것이 고도로 발전된 것이 사회적 기억인 전통과 관습이다. 그것은 파롤이 모든 일을 다 할 수 있는 소문on-dit, 풍문의 문화, 격언과 비의와 마법의 문화이다. 권위는 조상의 경험이라는 보물을 조심스럽게 지켜와 내놓는 연장자, 노인에게 속해 있다. 그러나 그 보물은 깨지기 쉽고 위태롭다. 그것을 아는 자가 죽는다면, 누구도 그것을 알 수 없을 것이기 때문이다. 혼자만의 발견은 그에게만 유익할 뿐이다. 공동체의 유산은 인간들의 존속에 달려 있다. 그것은 살아 있는 자들의 둘레 밖에서는 보존될 수 없고, 축적될 수 없다. 그것은 항상 행위로 확인되어야 한다.

그리고 이런 사실 때문에 그것의 한계는 왜곡과 허구도 같이 들어 있는 인간 기억 능력의 한계와 같다.

게다가 우리는 선사시대의 인간이 문자를 모르기 때문에 스스로 말하는 법을 알지 못한다고 생각해볼 수도 있을 것이다. 그는 좌담의 차원에서만, 말하자면 참여의 차원에서만 존재할 뿐이다. 구술 문화는 산포된 교양과 익명의 문학에 상당하는 것이다. 거기에서 서명되지 않은 작품은 모두에게 속하면서도 어느 누구에게도 속하지 않는다. 그것은 가부장적인 서사시(어원적으로 사람들이 파롤을 통해 표현하는 것), 전설(사람들이 이야기하는 것), 민요시, 설화, 낭송의 시대이다. 이 모든 것들은 대중의 보물이자 집단 무의식의 산물이다. 이것들은 세계를 가로질러 날아다니고, 방랑하는 파롤들이고, 여전히 살아 있기는 하지만 어느 누구도 그것들을 확고하게 고정시키는 데 관심이 없기 때문에 너무 잘 사라져버리는 파롤들이다.

문자의 발명은 첫 인간 세계를 뒤엎고, 새로운 정신적 시대로의 통과를 허락하였다. 그것이 선사시대에서 신화 세계를 소멸시키는 한 본질적인 요소를 이룬다고 말하는 것은 전혀 과장이 아니다. 파롤은 인간에게 근접적인 공간을 장악하게 해주었다. 그러나 그것은 구체적으로 현존하는 사람présence에게 묶여 있어서, 그 범위와 지속성에 있어 사라져버리는 의식의 경계로 국한된 지평에만 도달할 수 있을 뿐이다. 문자는 목소리를 실제 현존하는 사람과 분리시킬 수 있게 해주고, 그렇게 해서 자기의 범위를 확장한다. 문서(écrit)는 변하지 않은 채 남아 있고, 그것을 통해 세계를 고정시키고 지속적으로 세계를 안정시킨다. 그와 마찬가지로 문서는 말의 형태를 결정하고 한 인격에 형태를 부여해서, 그 후부터 자기 이름을 서명할 수 있게 하고, 그것을 통해 자기 현현의 한계를 넘어 자신을 주장하게 해준다. 문서는 파롤을 보강한다. 문서는 다가올 의식 속에 무한히 그 출금을 기대할 수 있는 예금을 만든다. 역사적 인물이 미래 세대 앞에서 포즈를 취하고, 그는 현무암, 화강암이나 대리석 위에 자기 무훈의 연대기를 기록한다.

따라서 문자의 발명은 전통과 소문의 지배로부터 인간을 해방시킨다. 새로운 권위가, 관습을 대체한 글자의 권위가 성스러운 분위기 속에서 등장한다. 왜냐하면 최초의 문자는 그것의 매력적인 힘으로 인해 마술적이기 때문이다. 최초의 글자는 상형문자이다. 말하자면 사제나 왕들을 위해 전용되는 신적인 기호들이다. 우선 성문법이, 하늘의 신들이 인간과 소통하는 역할을 하는 십계명으로 나타난다. 신의 법전은 전통을 대체하고 무한히 확장된 관리를 가능하게 하면서 사회

질서를 안정시킨다. 새로운 권위가 새로운 인간에게서, 즉 필사자, 식자, 사제, 율법학자에게서 구현된다. 이들은 그들의 기술을 조심스럽게 비밀을 지키면서 효과적으로 사용한다. 신들의 말씀 자체가 성스러운 문서가 된다. 따라서 유대교, 크리스트교, 이슬람교와 같은 위대한 종교들은 성직자와 주석자가 그 보존과 해석을 보증해준 성서의 보관에 기초를 둔다.

따라서 쓰기와 읽기는 우선은 특권 계급의 전유물이다. 구술된 랑그와는 뚜렷하게 구별되는, 쓰여진 랑그를 사용할 줄 아는 식자들이 하나의 엘리트를 형성한다. 왜냐하면 방드뤼예가 말하듯이, "사람들은 결코 다른 사람들이 말하는 대로 쓰지 않는다. 사람들은 다른 사람들이 쓰는 대로 쓴다(또는 쓰려고 한다).(『언어』, 389쪽) 통속적인 랑그는 결코 문자의 품격을 갖출 수 없다. 오늘날에도 스타일의 탐구는 문어<sup>la langue écrite</sup>의 특징적인 표시이며, 가장 짧은 편지도 우리로 하여금 결코 좌담에서는 나타나지 않는 꾸민 듯한 표현에 의존하게끔 한다. 이슬람 국가에는 쓰는 데 사용하기 위한 죽은 랑그인 문어 아랍어가 있으며, 쓰지는 않고 말하는 데 쓰이는 방언 아랍어가 있다. 얘기해 보자면, 우리들의 시대에도 발레리와 같은 작가가 그의 책에서 18세기의 문어를 전해주었는데, 이 랑그는 그 시대 때부터 구어<sup>langue familière</sup>와 아주 뚜렷하게 구분되는 것이었다. 그래서 문자의 귀족적인 성격이 유지되는 것인데, 이 성격이 우리에게 고어체와 관습체를 강요하는 것이다. 마치 종이와 펜대에 의존하는 것이, 말하고 있는 의식과는 구별되는 또 다른 의식을 우리 안에 불러 모으는 것처럼 말이다.

그러나 문자는 아무나 누리는 특권이 되지는 못했었다. 그것은 어쨌든 서방에서 현대인의 최저 생계비에 속한다. 왜냐하면 오늘날 여전히 전체 인류 중에서 대다수는 문맹이라고 여겨지고 있기 때문이다. 16세기에 새로운 기술적 혁명이 인쇄술의 발명과 함께 일어난다. 이 혁명은 수공업 시대에서부터 산업 시대에까지 지적인 삶을 운반함으로써 정신적 실존의 조건을 급격히 변화시켰다. 그 후로 쓰기와 읽기는 누구나 다 갖고 있는 역량이 된다. 활자화된 종이의 소비는 그 활용 기술이 완전해짐에 따라 계속 증가하고 있고, 그 결과 오늘날 인류는 잠재적인 부족, 전적인 신문지의 부족으로 헐떡거리고 있다. 16세기에서부터 책의 보급은 기초 교육의 덕분으로 각 사람에게 직접 진리에 접근할 수 있는 가능성을 제공한다.

이 사건은 대단히 중요하다. 왜냐하면 진리는 더 이상 어떤 한 개인, 계급이나 신분을 차별하지 않기 때문이다. 비판 정신이 탄생한다. 각 사람은 자기가 믿거나 생각해야 하는 것을 스스로 판단하도록 요청받는다. 종교개혁이 인쇄된 성서의 보급에 의해 가능하게 되었던 것처럼, 르네상스의 인문주의는 그리스어와 라틴어 고전의 출판에 의거하고 있다. 1536년 제네바에서 종교개혁을 받아들이기로 정한 바로 같은 그룹의 사람들이, 한 의미 있는 회담을 통해 의무 공교육을 선포한다. 서양사에서 이 기념비적인 행위는 개인적으로 성서에 접근하고 싶어 하는 새로운 종교적 의식의 욕구와 부합한다. 게다가 같은 시기에 그리고 같은 이유로 근대 문학의 랑그들이 생겨난다. 그때까지 라틴어는 엘리트 성직자의 필요를 충족시키는 것이었다. 대중의 지적인 성장이 점점 더 현저해짐에 따라 쓰기와 읽기는 더 이상 직업이 되지 못하고, 문화와 정신생활의 한 요소가 된다. 이런 지적 성장은 그저 구사된 방언으로부터 형성된 문어의 교육을 초래한다.

근대 문화는 책의 문화이다. 출판물은 너무나도 밀접하게 우리의 삶과 연계되어 있어서, 우리는 얼마간 그것의 중요성을 잃어버렸다. 그러나 단 하루만이라도 우리에게서 신문을 빼앗아 보라. 그러면 우리는 신문을 읽는 것은 현대인의 아침 기도라고 말하는 헤겔의 표현이 얼마나 옳았는지를 확증하게 될 것이다. 인쇄물은 우리에게 시간과 공간을, 세계와 타자들을 준다. 우리의 의식이 매 순간 그 안에 우리를 배치하는 이 세계는 우리 독서의 발현이지, 비교적으로 상당히 제한되어 있는 우리들의 직접 경험의 축소판이 아니다. 파롤의 역할은 계속 감소하는 반면, 인쇄물은 사람들 간의 의사소통의 가능성을 끊임없이 증가시킨다.

더구나 인쇄물은 사람들을 결연시키는 기술인 것만은 아니다. 그것은 의식의 구조 자체에 그 영향력을 발휘한다. 읽고 쓰는 사람은 더 이상 발설된 파롤로만 자신을 인간 속에 끼워 넣는 사람과 같은 것이 아니다. 작용하는 가치들이 심원하게 변경된다. 파롤은 한 상황에 사로잡혀 있다. 그것은 하나의 대면하는 사람, 하나의 시간, 현재의 감정 상황을 전제하며, 그래서 파롤에 일치뿐만 아니라 불일치라는 양극단의 가능성의 짐을 부과하고 있다. 반면에 문자는 거리두기를 제공한다. 문자는 독자에게서 현실성의 매력을 빼앗는다. 문자는 독자를 생생한 현재로부터 정신의 현재에로, 감정으로 채워진 묵직한 현실성으로부터 더 이상 사건에 따르지 않고 사유에 따르는 좀 더 헐벗은 현실성에로 보낸다. 가장 격정적인 풍자문조차도 비판 정신에게, 강렬한 연설에서는 완전히 제거되어 있는 간섭의 가능성을 남긴다. 이런 관점에서 문자는 파롤에 대한 하나의 반성, 그것의 참된 의미를 강조하려는 최초의 추상인 것처럼 보인다. 기록된 파롤은 그것의 생생한 조화orchestration

를 빼앗긴 채 동시에 파롤이자 침묵으로 우리에게 주어진다. 여기서 부재와 침묵은 결심을 굳히고 사랑을 확인하는 하나의 시험과 같은 것이다. 물론 두 인간 존재의 진정성 있는 합의, 살아 있는 두 사람의 충만한 일치보다 더 높은 인간적인 성공은 없다. 그러나 이런 예외적인 순간들을 넘어서, 깊은 것들을 말하게 해주고, 시간을 반항하는 문자는 정신생활에 엄청난 가능성을 제공한다. 문자는 죽은 자들을 부활시키고 한가로운 명상 속에서 전 시대의 위대한 정신과 만나는 것을 우리들의 사유에 허용해준다. 하지만 쓰기가 그 의미를 온전히 얻기 위해서는 독자가 그에게 주어진 이 은총을 받아들일 수 있어야 할 것이다. 결국 모든 것은 그 자신의 개방성과 관용에 달려 있다.

따라서 인쇄술의 발명은 인류에게 진정한 정신적 혁명이었다. 새로운 기술의 개화를 목격하고 있는 우리들의 시대 역시, 그 영향에서 우리를 도망하게 만드는, 적지 않은 근본적인 격변을 겪고 있는 것처럼 보인다. 파롤의 녹음과 전송 수단은 극단적인 증식 상태에 있다. 전화, 선보, 사진, 전축, 영화, 라디오, 텔레비전은 현대인의 실존에서 끊임없이 그 중요성이 증가해 가는 처지에 있다. 이것들은 더 이상 추상적인 문자의 기술들이 아니다. 목소리가 완벽한 음질로 전송되고, 여기에

그 사람 자신의 영상image까지도 따라붙는다. 그리고 이 영상은
그 사람의 온갖 몸짓, 움직임, 색깔, 심지어 때로는 입체감까지
도 충실하게 붙잡는다. 우리는 여기서 현실의 총체적인 복원을
목격한다. 그것은 마치 인간들을 서로 부재하게 만드는 현대
문화, 대중문화가 인공적인 인간 출현의 가능성을 증가시키면
서 이 부재를 보상하려고 애쓰는 것처럼 보인다. 현대인은
지구상의 모든 명사들의 목소리와 모습을 안다. 영화와 신문
삽화는 현대인에게 참으로 전 지구적인 의식을 준다.

　물론 우리가 목격하는 이처럼 급속한 기술적 진보의 결과를
평가하기란 어렵다. 또 우리에게는 반쯤 기적적인 것처럼
보이는 발명을 진부하다고 생각하는 것에 익숙해질 미래의
인간들이 우리와 얼마만큼 다를 것인지를 예측하기도 어렵다.
물론 너무 쉬운 낙관주의나 너무 극단적인 비관주의를 경계하
는 것이 바람직하다. 고향 상실dépaysement의 수단이 인간을
그 자신으로부터 뿌리째 뽑아버리고 영원히 바보로 만들 것이
기 때문에 비탄에 빠지는 것이 불합리한 것처럼, 인간 자신이
자기 마음대로 새로운 도구의 마술을 사용해서 더 잘 되어
갈 것이라고 상상하는 것도 불합리하다. 기껏해야 우리는,
녹음기의 일반화된 사용이 직접적으로 파롤을 고정시키고
이어서 어떤 기호화나 해독 과정 없이 그것을 들려주게 해줄

때, 더 이상 읽기도 쓰기도 배울 필요가 없는 인류가 무엇이 될 것인지를 상상할 수 있을 뿐이다. 테이프 타래가 책을 대체할 것이고, 인쇄물은 낡아빠진 시대의 추억으로만 남아 있게 될 것이다. 이런 변화는 교육만 전복시키지 않을 것이다. 그것은 사고의 구조 자체를 변경시킬 것이다. 왜냐하면 사고는 사고의 구현보다 먼저 있는 것처럼 존재하지 못하고, 사고의 도구 밖에서 존재하지 못하기 때문이다. 파롤이 한낱 표현 수단이 아니라 인간 현실의 구성적 요소인 것처럼, 마찬가지로 아마도 기계적인 기록 기술들도 개인적인 주장의 차원에서 우리로서는 예측할 수 없는 관점에서 그것의 영향력을 느끼게 만들 것이다. 책 문화는 영상과 소리 문화에 자리를 양보할 것이다. 지금도 새로운 기술들이 탄생하고 있고, 인간 정신은 흥미진진한 모험이 시작되는 것을 보고 있다. 기술은 거리낌 없이 깊이 연구되어야 한다. 기술은 인간의 자기의식을 확장시켜주어야 한다. 그리하여 인간적 현실에 새로운 영토를 늘려주어야 한다.

# 13장 파롤의 도덕을 향하여

　우리들의 짧은 연구 결과, 오직 철학만이 인간 파롤 전체에 대한 이해를 제공할 수 있다는 결론에 이른 것처럼 보인다. 수많은 분과 학문들이 말하기의 이런저런 요소들과 결합되어 있다. 예를 들어 언어활동은 심리학이나 음성학의 탐구 대상이다. 사회 제도로서의 랑그는 언어학, 서지학 그리고 문체론에 고유한 활동 영역이다. 우리가 이런저런 전문적인 연구서를 읽을 때, 우리는 자주 그 독창성과 통찰력에 큰 인상을 받기는 하지만, 그러나 그런 연구는 본질적인 것을 놓치고 있는 것처럼 보인다. 파롤은 그저 음성 체계, 신경학적 접속에 불과한 것이 아니다. 파롤은 인간 현실의 구성 요소를 표현하고 있으므로, 언어의 기능은 전체적인 인간 경험의 맥락 속에서만 그 완전한 의미를 꿈꿀 뿐이다. 마찬가지로 하나의 랑그는 추상에 의해서만 자체적으로 이해될 수 있는 닫힌 체계를 실현할 따름이다. 사전학, 어원학, 심지어 문법조차도 육체와 유리된 지적 메커니즘인 것으로, 그리고 이 살아 있는 현실에 종속되어 있는 것으로서 밝혀진다. 이 현실의 통일은 말하는 주체 안에서만 그리고 그 주체에 의해서만 존재할 뿐이다. 파롤이라는 총체적인 현상은 개인적인 현상이다.

이로부터 파롤이라는 현상은 모든 적극적인 규정에서 벗어나는 것으로 판명된다. 말해진 파롤은 하나의 재료, 이미 거기에 있는 하나의 현실로서 제시될 수 있다. 그러나 파롤의 본질은 (메를로–퐁티의) 말하는 파롤la parole parlante에서 추구되어야 한다. 다시 말해 말하기가 현실을 주고받는 것처럼 개입하는 수행exercice 자체에서, 세계와 인간의 호소와 환기로서 이루어지는 그런 수행 자체에서 추구되지 않으면 안 된다. 이 본래적인 말하는 파롤이 결국 음성적이거나 언어학적인 감각 운동 현상을 이해하기 위한 유일한 열쇠를 제공한다. 여기서 전문가들은 이차적인 원인들에 매달려 있다. 예를 들어 그들은 소리나 말의 계보, 의미의 계통을 사후에 복원한다. 그러나 그들은 여전히 그 변천을 예측할 수 없는 한 역사의 변화들을 확인하고 있을 뿐이다. 그들은 어떻게라는 방법은 알아내지만, 왜라는 이유는 그들에게서 빠져나간다. 언어학 연구에서의 그처럼 특별한 지적인 즐거움은 바로 의미의 예측 불가능하고 생동감 있는 새로운 전개와 관련되어 있다. 말은 사람들이 그것을 사용함에 따라 행복해지거나 비루해질 운명에 놓인다. 다양한 언어학 분과의 '법칙들'은 사실상 역사적 발전의 어느 한 국면을 기술하는 데 국한된다. 그 법칙들은 결코 그것들에 접근을 허용하지 않는 현실의 자취를 쫓아간다. 인간 과학에서 사람들은 지나가버린 과거나 예언할 수 있을 뿐이다. 미래는 학자에게서 빠져나간다. 왜냐하면 미래는 그어떤 설명 체계도 아직 물질적이거나 지적인 규칙에 따르게 하는 데 성공하지 못했던 결정권을 행사하기 때문이다.

따라서 자유의 역할이 파롤이라는 인간적 활동에 그 참된 차원을 제공한다. 그것은 물리학을 넘어선 형이상학의 우선성을 확증한다. 우리는 어떻게 파롤이 자연을 문화로 격상시킴으로써 인간 세계의 창조를 보장하는지를 보아왔다. 로고스 또는 신적인 말씀이라는 최초의 초월은, 신화적 관점에서 모든 종말론에 표출되어 있는 것처럼, 환경 속에 내재한 언어학적 요소들의 재연에 의해 생활공간을 구성하도록 모든 살아있는 인간에게 부과된, 효율적 활동의 원형일 뿐이다. 기존의 언어는 현실화되기를 요구하는 하나의 가능성일 뿐이다. 각 사람은 그것을 의식하고 있든 않든 간에, 자기 스타일의 주인인 것처럼 자기 어휘의 주인이다. 그의 말하기 방식은 그를 개인적으로 주장하는 특징이 된다. 사실상 파롤은 개별화의 원리처럼 작용한다.

따라서 결국 파롤의 문제는 정신적인moral 차원에서 그 모든 의미를 얻는 것처럼 보인다. 각 사람은 저마다 하나의 우주를 구성하는 일을 맡고 있다. 다시 말해서 유아기의 심리적인 혼돈, 정신적인 혼돈 그리고 심지어 물질적인 혼돈으로부터 성인 세계로 모습을 드러내는 일을, 즉 세계 및 타인과의 관계를 정의하는 가치들에 따라 명료해진 지금의 모습으로 통과하는 일을 떠맡고 있다. 이것은 전형적인 성숙인의 과제이자 계속 떠맡아야 할 과제이다. 왜냐하면 인간은 역사적인 존재이기 때문이다. 시간의 흐름과 상황의 변화는 다시 한번 전에 획득되었던 모든 안정에 의문을 제기한다. 그리하여 바로 영원한 진리에 대한 관심은, 각 순간마다 다시 우리로 하여금 계속적인 창조의 노력을 기울이게 만든다. 따라서 파롤은 개인에 대한 하나의 최고 재판소를, 그의 임의적인 실존의 결정적인 말, 또는 최상의 말을 규정짓는다. 이는 세계와 마주해서 자신을 주장하고 재주장하는 유일한 존재라는 것의 증거인 것이다.

파롤의 이 근본적인 의미는 어떤 종교적인 참조를 하지 않더라도, 일반적으로 인정받고 있는 신성한 인물에 의해 밝혀진다. 심지어 엄밀한 의미에서 모든 종교와 결별한 사람들에서조차도, 마치 언어의 어떤 사용이 최종 심판의 역할을 맡을 수 있었던 것처럼 일종의 파롤의 숭배religion와 같은 것이 존재한다. 레굴루스는 자기 목숨을 희생시키면서까지 약속을 준수한다. 『군대의 복종과 위대함Servitude et grandeur militaires』에 등장하는 젊은 장교는 영국 선박에 승선해서 말의 포로가 되어서, 약속을 지키기 위해 그의 경력과 자유를 포기한다. 칸트가 의무에서 인식했던 숭고함이라는 옷을 입고, 일종의 무조건적인 도덕적 명령이 여기서 생겨난다. 약속을 하는 것parole donnée은 갖은 물질적인 제약에도 불구하고 인간의 자기주장 능력을 보여준다. 그것은 인간 존재의 있는 그대로의 적나라한 노출이며, 가치를 실존에 투사하는 것이다. 나의 운명이 걸려 있는 특별히 긴급한 상황에서, 나는 변화된 세계 속에서 나를 새로운 존재로 만들면서, 상황에 맞는 말로서, 그리고 상황을 해결해 줄 말로서 약속을 하였다. 다른 사람들은 나를 신뢰하였고, 나는 서로 믿겠다는 약속에 의해 그들과 하나가 되었다. 그러므로 약속에 대한 존중은 자기 자신에 대한 존중임은 물론 타인에 대한 존중이다. 왜냐하면 그것은 내가 나 자신에 대해 말하는 사태를 보여주고 있기 때문이다. 약속을 깨는 사람은 마주 보고 있는 타인의 눈에 있어서 뿐만 아니라 자기 눈으로 보아서도 불명예스러운 것이다.

그러므로 파롤에 대한 신앙은 개인적인 진정성을 재는 하나의 척도이다. 약속을 하는 것은 인간 언어가 의미를 가리키는 것으로 만족하는 것이 아니라 그 자체로 하나의 가치가 될 수 있다는 것을 보여준다. 약속은 우리 인생의 부침 한가운데에서 하나의 고정점을 정해준다. 약속을 통해서 우리는 개인적인 시간으로부터 개인적인 영원성에 이른다. 약속은 습관과 욕망의 영역인 일상생활을 규범의 규칙으로까지, 가치 의식으로까지 격상시키며, 이를 통해 개인은 자기다운 자기가 되기를 결심한다. 이런 의미에서 모든 파롤은, 비록 맹세로 표명되지는 않았다 할지라도 하나의 약속이며, 우리는 타자들이 우리의 개인적 삶의 상징적 재현으로 해독하는 그런 언어를, 우리들 스스로 더럽히지 않도록 주의해야만 한다.

그러므로 말할 수 있는 인간은 자신이 예언자적인 권위를 누리게 된다고 생각한다. 불확실한 미래에 직면하여, 파롤은 하나의 예상을 표명한다. 그것은 미결정된 상황 속에서 미래에 대한 최초의 윤곽을 그려준다. 인간은 자기의 개인적인 세계 안에서 창조적인 주도권을 가지고 행동한다. 약속을 하는 사람은 그의 요구에 맞게 현실을 빚어내기 위해 그의 모든 자원을 동원하면서, 그가 선택한 의미에 따라 자신을 표현하고 또 공표한다. 그 후부터 일단 공표된 낱말의 힘에 의해 그전에는 존재하지 않았던 어떤 것이 존재해가기 시작한다. 파롤은 상황의 모습을 변화시킨다. 파롤은 자유의 상실처럼 보일 수도 있는 저당이고, 고용 계약이고 계약의 서명이지만, 그러나 사실은 복종의 힘을 통해 인간에게 새로운 자유에 도달하게 해주는 것이다.

따라서 그 최고의 효력에 있어 파롤은 맹세 또는 심지어 결혼 성사의 의미를 띤다. 그것은 행동하는 파롤, 신성한 행위인 파롤, 거기에서 운명이 맺어지는 개인적인 최후 심판의 순간이다. 너무 자주 오해되고 있지만 결혼에 대한 크리스트교의 교리가 부부의 상호 맹세 속에서 결혼을 하게 하는 것은 파롤의 이런 성사적인 가치를 분명하게 지적해주고 있다. 사제는 명시적 동의의 교환에 의해 두 생명이 이후부터 하나로 맺어지리라는 것에 대한 첫 증인일 뿐이다. 그러나 파롤이 약속이라면, 그것은 그 약속을 한 사람이 약속을 지키는 정도에서만 의미 있을 뿐이라는 점도 분명하다. 그는 보증을 하였다. 그가 스스로 이 보증을 떠맡는다는 것은 그가 가치의 주인으로 남아 있는 것이다. 약속을 지킨다는 것은, 사람들이 전에 그의 개인적 실존을 구성하는 것으로 인식했던, 자기 자신에 대한 어떤 의미를 유지하기 위해 노력하는 것이다. 모든 다른 계약과 마찬가지로 결혼 생활에서 정조를 지키는 것은 타성이 아니라 약속의 내적인 반복, 파롤을 영원한 현재로 만드는 지속적인 재실현에 상당하는 것이다. 끊임없이 변화하는 인간 현실의 한가운데에서 유일한 고정점으로서 약속을 지키는 일은 간단한 일이 아니다. 그리고 아마도 모든 맹세는 그것을 그냥 유지할 수 있는 것보다 더한 것을 약속할 것이다. 그러니까 시간이 그 의미를 없애서 이후로는 공허한 맹신처럼 강요되는, 무효가 된 약속의 노예가 되어버릴 위험이 생겨난다. 인간은 파롤의 주인으로 남아 있기는 하지만, 그러나 그는 더 생생한 진정성을 주장하기 위해서만 죽은 충직성을 포기할 수 있을 뿐이다. 어쨌든 계약의 존중은 자기에 대한 존중이며, 사람들은 저마다 이 본질적인 충절을 자기 자신에 의해 평가받는다.

그러므로 파롤의 올바른 사용을 위한 절대적인 규칙들을 정하는 것은 이론적으로는 불가능한 것처럼 보인다. 정직한 인간의 역할은 다른 사람이 아니라 자신만이 맡아 할 수 있는 것이다. 하여간, 정조, 충절, 신의와 같은 주요 덕목, 그리고 거짓말, 위선, 거짓 맹세와 같은 악은, 좋거나 나쁜 믿음에 따라 언어를 사용하는 것과 연관되어 있다. 약속을 지키는 사람homme de parole은 탁한 세상에서 진리의 실현에 공헌하려고 노력하는 자이다. 언어가 그 스스로 마술적 힘을 소유하고 있는 것은 아니다. 우리가 사는 세계 속에는 깨끗한 손이 없는 것과 마찬가지로, 절대적으로 알맞은 말이란 것은 없다. 파롤은 그것을 사용하는 인간보다 더 가치 있는 것이 아니다. 파롤은— 항상 출발점과 동시에 종착점인 — 좌표와 표적처럼 실존의 흐름 속에서 이루어진다. 반면에 명확하게 정의된 언어의 흠 없는 완전성은 언어를 고착시킴으로써, 실존을 손상시키는 언어의 정지 상태를 초래할 것이다.

파롤의 윤리는 매일 반복되는 경험 속에서 진실해야 할 것을 요구한다. 그것은 진실을 말하는 문제이지만, 그러나 진실되게 있지 않고는 진실되게 말하는 것도 없다. 그래서 자기와 타인과의 관계, 자기와 자기와의 관계에서 분명히 솔직해져야 할 필요가 있는 것이다. 여기서 명령은 분명하다. 우선 내적인 마음에서 그만큼 보증되지 않은 말들을 가지고 자기 자신과 타인을 매수하는 짓을 거부해야 할 것이다. 파롤을 항상 그 모습에 있어 완전하고 의미 있는 파롤이게 하라.

유창한 말은 너무 자주 인간 성격의 결점을 숨긴다. 약속을 지키는 사람은 빈말을 하지 않고 몸소 감당한다. 게다가 이런 파롤의 건강한 관리에는 2인의 출연이 있다. 그것은 상호 약정을 함축한다. 우리는 타인들에게 말을 해야 하지만, 우리가 그들에게 말한 것에 전혀 귀 기울이지 않은 채 모든 대화를 그들만을 위해서 하는 사람들처럼 처신하지 않도록 주의해야 한다. 타인의 파롤을 받아들인다는 것은, 그것을 진부한 공통 분모로 환원시키는 것이 아니라 항상 그것에서 독창적인 의미를 찾으려고 노력하면서, 그것의 최고의 의미에서 그것을 붙잡는 것이다. 게다가 이렇게 함으로써, 자기 고유의 목소리를 표출하도록 타자를 도우면서, 우리들은 그의 가장 내밀한 요구를 찾아내도록 그를 자극할 것이다. 이것이 교사의 과제일 것이다. 만일 그가 훈육이라는 독백을 넘어서, 인격을 도야하는 진정성 있는 대화로까지 교육해나가는 법을 안다면 말이다. 위대한 교육자는 자기 자신과 사람들과의 대면에서 성실성pro-bité에 대한 관심으로서, 자기 주위에 언어의 명예로운 의미를 발산하는 사람이다.

약속을 지키는 사람은 모호한 인간 현실 가운데에서 자신을 하나의 좌표와 표적으로서, 고요한 확실성의 한 요소로서 주장한다. 물론 그는 고독과 좌절에 빠질 위험이 있다. 만일 다른 사람들이 전부 속임수를 쓴다면, 우리는 혼자서 진실할 수 없고, 또 혼자 놀이를 할 수도 없을 것이다. 적어도 그것은 일반적인 무기력에 의해 그들 파롤의 결함을 정당화하려고 하는 사람들에게는 쉬운 변명이다. 확실히, 만일 모든 사람들이 진실을 말했다면, 각자가 그런 공통적인 용법에 따르는 것은 쉬웠을 것이다. 그러나 도덕적인 과제는 관습이 아니라 가치에 복종한다는 뜻에서 솔선하는 데 있다. 우리는 다른 사람들이 진실해지기를 기다리지 말고 진실해야만 하며, 또 바로 다른 사람들이 진실하게 되도록 하기 위해서 진실해야만 한다. 탁월한 인격은 자기 주위에 진리의 활기를 불러일으킨다. 그가 표출하는 요구는 쉽게 전달되는 것으로 보이며, 그는 행동으로 다른 사람들의 마음을 사로잡는다. 진실한 인간은 각 사람에게 자신을 목격하게 해주는, 그래서 스스로 판단할 수 있게 해 주는 빛을 방사한다. 소크라테스, 예수, 간디는 그들의 대화 상대자들로 하여금 스스로 최초의 사도가 되게 하는 이런 권위를 불러일으킨다. 그들의 파롤은 타인들을 수긍하게 만드는 본래적인 효력을 발휘한다.

그리하여 약속을 지키는 사람은 자신을 위해서 참된 존재의 기획을 추구하면서, 인간적 현실에 질서를 부여하는 데 공헌한다. 그는 자기 일을 완수하지 못할 것이라는 점을 아주 잘 알지만, 그러나 사람들 간의 더 나은 이해 가능성, 더 나은 진정성 있는 의사소통 가능성을 믿는다. 여기서 의무는 우리들 각자가 말씀의 기능인 창조적 주도권을 떠맡는 것이다. 인간의 삶은 자신을 위해서 자연에서 문화로의 격상, 동물성에서 인간성으로의 격상을 실현해야 한다. 물론 이것의 출현은 그 환경의 규범에 따라 어린이를 보육하고 도야하는 사회 자체에 의해 촉진된다. 그러나 이 환경에 따른 교육은 결코 완전하게 충분한 것은 아니다. 혼돈에서 질서로의 이행은 끊임없이 재확인되어야 한다. 위로 올라가는 대로perspective는 끊임없이 하락의 위험을 수반하지 않을 수 없다. 파롤은 인간의 결정을 확고히 한다. 인간은 약속과 맹세를 통해 그 자신과 다른 사람들에게 그가 시간 속 실존의 주인이라는 것을 증명하는 것이다.

그러나 그 자신을 형성해 가면서 약속을 지키는 인간은 인간의 통일을 위해서도 일한다. 인류의 문화적 풍경은 제정된 파롤, 기존의 파롤, 희미해진 파롤 또는 사라져버린 파롤로 이루어져 있다. 중국의 현자가 주장했던 것처럼, 세계의 질서와 조화가 언어의 통일에 의존하고 있다는 것은 맞는 말이다. 지금 우리의 시대는 바벨탑의 저주에 사로잡혀서 해산된 인류, 자기 자신과 갈라진 인류의 광경을 보여준다. 우리들은 사람들이 더 이상 서로를 이해하지 못하고 있기 때문에, 부득이하게 랑그들의 혼란과 불가능한 우정을 체험하고 있다. 무엇보다도 우리들의 시대에 결핍되어 있는 것은 오로지, 국가들 사이와 마찬가지로 각 지방 내에서 단일한 문화의 언어를 근거 지어줄 수 있는 가치의 공동체이다. 물론 오해 속에 빠져 있는 세계를 구출할 수 있는 해결책을 한 사람이 혼자서 찾아낼 것을 바랄 수는 없다. 그러나 모든 사람이 인류의 이 모험에 참가하고, 모든 사람이 그 저주를 벗기는 데 관심을 두어야 한다. 각 사람은 선한 믿음과 진정성의 전령들인 각각의 파롤에 의해, 세워져 있고, 알려져 있고 또 이미 실현되어 있는 세계를 더 낫게 창조하는 데 공헌할 수 있다. 모든 사람은 그가 있는 곳에서 말들이 가치를 가진다는 것을, 다시 말해 공동 작업에서 신뢰와 평화가 지배한다는 것을 볼 수 있을 것이다. 각자의 인생의 의미는 바벨탑으로부터 오순절로 가는, 괴로우면서도 승리자가 되는 그런 길에 새겨질 수 있다. 그리고 도덕적인 개인은, 중국의 현명한 황제가 비석에 새겨놓았던 말을 어느 날 그 자신에게도 말할 수 있도록, 세계 속에서 그의 최상의 기능을 완수하는 과제를 맡아 할 수 있다. "나는 세상의 인간들에게 질서를 부여하고 행위와 현실의 표준을 정했다. 각각의 사물에는 그것에 걸맞은 이름이 있다."

# 옮긴이 후기

이 책은 조르주 귀스도르프(1912~2000)의 *La parole*(Presses Universitaires de France, 1952, Paris)을 옮긴 것이다. 번역 텍스트로는 1992년에 나온 12판을 이용하였다. 원어의 미묘한 뉘앙스를 살리기 위해 우리말로도 그대로 『파롤』로 옮기기로 하였다. 책의 내용을 감안한다면, '실존 현상으로서의 파롤'이라고 옮기는 것도 무리가 없을 것 같다는 생각이 들기도 했다.

귀스도르프는 우리나라에서는 그렇게 널리 알려진 철학자가 아닌 것으로 알고 있다. 먼저 그의 생애를 짧게 소개하기로 한다. 조르주 귀스도르프는 1912년 프랑스 보르도 근교에서 무신론자이자 진보적인 사상을 가졌던 유대계 아버지와 프로테스탄트계 교인이었던 어머니 사이에서 태어났다. 양친은 모두 독일 국적의 소유자였다. 보르도의 미셸–몽테뉴고등학교(리세)를 졸업한 후, 1933년 파리고등사범학교l'École normale supérieure에 입학하였다. 이후 소르본느대학에서 레옹 브렁슈비크의 지도로 철학을 공부하고, 1939년에 철학교수 자격을 획득하였다. 2차 세계 대전이 발발하자 참전했다가 1940년에 전쟁 포로가 되었으며, 당시의 나치에 협력하는 비시 정권에 반대한다는 이유로 4년간 독일 내 여러 포로수용소를 전전하였다. 전쟁이 끝난 후 1945~46년에, 다시 고등사범학교로 돌아와 조교 생활을 하면서, 약간 연하인 메를로–퐁티를 알게 되었고, 알튀세르, 미셸 푸코와 함께 다시 철학교수 자격시험을 준비하기도 하였다. 1948년에 가스통 바슐라르의 지도로 「자아의 발견」이라는 논문으로 박사학위를 취득하였고, 같은 해 스트라스부르그대학의 철학 개론 및 논리학 교수로 임명되어 오랫동안 봉직하였다. 1968년 파리의 학생 혁명 당시, 이를 피해 잠시 캐나다의 퀘백에 있는 라발대학으로 자리를 옮겼지만, 정정政情이 가라앉자 다시 스트라스부르그대학으로 복귀하였다. 미국의 텍사스주립대학(오스틴)과 캐나다 몬트리올의 HEC에서 가르치기도 하였다. 귀스도르프는 2000년에 88세의 나이로 세상을 떠났다. 2011년 스트라스부르그시는 그의 업적을 기려 그의 이름을 딴 거리명을 만들었다고 한다. 일생 동안 많은 저서를 남겼는데, 중요한 책들을 추리면 다음과 같다. 『자아의 발견*La Découverte de soi*』(1948), 『희생이라는 인간 경험*L'expérience humaine du sacrifice*』(1948), 『도덕 실존론 *Traité de l'existence morale*』(Armand Colin, 1949), 『파롤*La parole*』(Presses Universitaires de France, 1952), 『신화와 형이상학*Mythe et métaphysique*』(Flammarion, Bibliothèque de philosophie scientifique, 1952), 『형이상학론*Traité de métaphysique*』(1956), 『인문과학 서론*Introduction aux sciences humaines*』(1960 ; réédité en 1974), 『인문과학과 서구 사상*Les Sciences humaines et la Pensée occidentalle*』(1964~1988, 총 14권).

귀스도르프는 에드문트 후설과 막스 셸러의 현상학, 그리고 하이데거, 키르케고어, 칼 야스퍼스 등의 실존주의 사상에 크게 영향을 받은 1930년대 프랑스 철학자 세대에 속한다. 따라서 귀스도르프의 철학은 사르트르, 메를로–퐁티, 폴 리쾨르의 실존주의적 현상학과 어깨를 나란히 하고 서로 영향을 주고받으면서 전개되었다고 할 수 있다. 특히 『신화와 형이상학』을 읽어보면, 귀스도르프가 메를로–퐁티의 철학에 상당한 신세를 지고 있다는 것을 쉽게 확인할 수 있다. 『파롤』의

영문판 해제를 쓴 브록켈만Paul T. Brockelman에 따르면, 귀스도르프 사상의 특징은 크게 3가지로 요약될 수 있다.

첫째, 귀스도르프는 좁게는 현대 프랑스 프로테스탄트 사상의 맥락 안에서 크리스트교 실존주의를 표방한 철학자이다. 실제로 귀스도르프는 칼벵파 개신교도였으며, 파리(그 이전에는 스트라스부르그)의 폴 리쾨르, 스트라스부르그의 로저 메흘Roger Mehl, 그리고 로산느의 피에르 테브나즈Pierre Thévenaz와 함께 현상학적이고 실존주의적인 종교철학자의 일원이었다. 따라서 종교 체험 일반, 특별히 크리스트교인의 경험을 포착하기 위한 근본적으로 새로운 도구로서 현상학적 방법과 실존적인 아프리오리인 '체험된 실존'을 이야기한다. 『파롤』에서 이따금 교회 어휘가 등장하는 것도 이런 연유에서이다.

둘째, 귀스도르프의 철학은 종교 철학의 영역에만 한정되는 것이 아니라, 넓게는 실존 현상학의 전 문제를 다룬다. 그의 근본적인 출발점은 '체험된 실존' 또는 '구체적 경험'이라는 원초적인 실존적 현실이다. 귀스도르프는 이 개인적 경험, 체험된 실존을 묘사하기 위해 '지향성'이라는 현상학적 개념을 이용한다. 그에게 있어 인간은 세계를 향한 존재이다. 생활 세계 또는 상관적 경험의 장은 실존하는 주체에게 원초적 현실로 주어져 있다. 귀스도르프의 일차적인 관심은 자유, 기억, 시간, 타인과의 관계와 같은 인간 실존의 현상을 이런 구체적이고 '현세적인' 경험의 지평 내에서 다루는 데 있다. 따라서 그는 실존 현상학자의 입장에서 언어의 문제를 다룬다.

셋째, 귀스도르프는 특별히 윤리학에 깊은 관심을 보인다. 이런 관심은『도덕 실존론』이라는 책의 제목에서 가감 없이 드러나고 있고, 또『파롤』에서도 번역하기 까다롭게, 일상 맥락과는 미묘하게 차이 나는 '가치'라는 말을 자주 등장시킨다는 점에서, 그리고 '파롤의 윤리를 향하여'라는 장을 따로 마련하고 있다는 점에서 반영되고 있기도 하다. 도덕적 경험을 현상학적으로 분석하면서 철학계에서는 생경한 말인 '실존적 윤리'라는 어휘가 등장하는 것은 아마도 귀스도르프에게서 처음일 것이다. 그래서 브록켈만은 바로 이 부분이 귀스도르프가 철학에 공헌한 가장 흥미 있고 독창적인 부분이라고 평가하기도 한다. 과문한 옮긴이로서는 우리 학계에서도 이런 어휘를 가지고 논의한 적은 없는 걸로 알고 있다.

이제『파롤』의 철학사적 위상을 옮긴이가 이해한 대로 설명해보기로 한다. 언어란 무엇인가? 상식적으로 이야기되고 있는 표현에 따르면, 언어는 인간 정신의 외적 표현이다. 따라서 그 속에는 한 개인이나 집단적인 사회 구성원들의 사고와 세계관이 고스란히 담겨 있다. 따라서 언어의 본성, 구조, 의미 및 쓰임새를 연구하는 일은 바로 인간의 정신과 세계를 연구하는 일과 다름이 없다. 그러한 점에서 우리의 언어 학습은 바로 우리의 세계를 객관화해 가는 과정이자, 그 언어 공동체의 신념 체계를 학습해 가는 사회화 활동이다. 과연 우리는 이러한 언어를 통해서 우리의 사고를 객관적으로 표현하고 우리의 의사를 남에게 전달한다.

그렇다면 언어를 언어답게 하는 것은 무엇인가? 다시 말해서 화자들 간에 교환되는 소음에 불과한 것을 단순한 소리나 물리적 기호의 차원을 넘어서 사고의 표현이나 사고의 전달이 게끔 해주는 것은 무엇인가? 그것은 바로 화자들이 소리나 기호의 의미를 알고 있다는 것, 좀 더 일반적으로 그들이 언어를 이해하거나 알고 있다는 것이다. 바로 이 언어의 본질을 이루는 언어의 의미를 설명하기 위해 지금까지 철학자들은 여러 가지 의미 이론들을 개발해왔다. 지시적 의미 이론, 의미–관념 대응 이론, 행태적 의미 이론, 검증적 의미 이론 등이 그것이다. 지시적 의미 이론은 낱말들이 세계 속의 대상들을 지시함으로써 의미를 가진다고 본다. 의미–관념 대응 이론은 한 표현의 의미가 그 표현이 나타내는 관념이라고 주장한다. 행태적 의미 이론은 한 발언이나 표기물의 의미가 특수한 상황에서 그것이 청자에게 불러일으키는 반응에 있다고 본다. 검증적 의미 이론은 한 문장이 표현하고자 하는 명제의 검증 방법을 우리가 알 때 그 문장은 사실적으로 유의미하다고 말한다.

하지만 이 각각의 의미 이론들은 저마다 치명적인 약점들을 노정해왔다. 지시적 의미 이론에는 모든 표현의 의미가 그 표현의 지시체로 환원되지 않는다는 약점이 있다. 예컨대 '그리고'라는 낱말이나, '희망'과 같은 추상 명사의 지시체를 가려낼 수 없는 것이다. 프레게의 뜻과 지시체 구분, 러셀의 기술 이론, 비트겐슈타인의 명시ostention에 대한 비판 등도 모두 이 지시적 의미 이론의 약점을 지적한 것이었다. 의미–관념 대응 이론의 약점은 간단히 말해서 심리주의가 노출하는 약점에서 벗어나지 못한다는 점이다. 언어는 공적이나, 관념은 사적이다. 또 관념을 설명하기 위해서는 개념, 연상, 심상 등과 같은 어휘들을 등장시켜야 하지만, 순환적인 설명에서 벗어나기 힘들다. 행태적 의미 이론의 약점은 같은 언어 표현에 대해서 사람들이 다른 행태적 반응을 보일 수도 있고, 또 다른 언어 표현에 대해서 같은 행태적 반응을 보이는 경우가 얼마든지 있을 수 있다는 점에 있다. 끝으로 검증적 의미 이론의 약점은 잘 알다시피 우리가 일상적으로 사용하는 도덕,

예술, 종교에 관한 명제들을 무의미한 것으로 배제시키고 만다는 데 있다. 그러나 무엇보다도 이런 전통 의미 이론의 공통적인 특징은 언어의 의미를 찾는 데 모두 지시체, 관념, 자극–반응, 검증 절차 등과 같은, 언어 밖의 대상이나 행위에 호소했다는 데 있다. 이런 전통 의미 이론과는 달리 언어의 의미를 언어 바깥이 아니라 언어 그 자체에서 찾은 이가 있었다. 그 사람이 바로 다름 아닌 현대 언어학의 아버지라 일컬어지는 페르디낭 드 소쉬르이다.

소쉬르의 『일반 언어학 강의』는 구조 언어학의 탄생을 알리는 기념비적인 저작이었다. 옮긴이도 원서를 참조하며 읽은 적이 있는데, 『일반 언어학 강의』 중 일부 전문적인 부분은 전공 언어학자가 아니고는 이해하기 힘든 내용으로 채워져 있어서 무척 소화하기 어려운 책이기도 하다. 그러나 지금까지 구조 언어학을 소개하는 무수히 많은 해설서가 우리나라에도 나와 있으므로 독자분들은 어느 정도 그 내용을 잘 알고 계시리라 믿는다. 그 책들의 도움을 받아 옮긴이는 구조주의 방법론을 의상 착용, 식단 차림 등에 적용하여 학생들에게 소개하기도 하였다. (옮긴이가 읽은 해설서로는 참 얄팍한 문고판임에도 불구하고 김종우 교수의 『구조주의와 그 이후』(살림, 2007, 서울)가 구조 언어학의 대강을 명쾌한 필치로 가장 탁월하게 설명해주고 있는 책으로 보인다.) 아마 독자분들께서 식상할 수도 있겠지만 구조 언어학의 특징을 간단히 정리해보기로 한다.

1. 랑가주language, 랑그, 파롤의 구분.『파롤』의 첫 부분에도 이 구분이 먼저 등장한다. 랑가주란 다른 동물과는 달리 말할 줄 아는 인간의 언어 능력, 심볼화 능력을 말한다. 이 랑가주는 잠재적 능력으로, 각 개인이 인간 사회에 속해 있지 않으면 발현될 수 없다. 이는 인도에서 늑대굴에서 살다 발견된 카말라와 아말라, 각각 오하이오주와 로스엔젤레스에서 갇혀 살았던 이자벨과 지니의 예를 상기해 보면 이해가 될 것이다. 랑그langue란 각 나라의 언어를 말한다. 에스페란토처럼 여러 언어에서 추상화해낸 보편적, 추상적 언어도 랑그에 속한다. 랑그는 말의 창고인 사전의 역할과 의미 형성 규칙과 체계를 가르치는 문법서 기능을 한다. 파롤parole은 랑그를 구체화시킨 개인의 발화를 말한다. 파롤은 말하는 사람의 일회적인 발언으로서 그 안에서 개인의 주체적 행위가 나타나는 실천이다. 이때 파롤은 랑그를 마음대로 바꿀 수 없다. 그렇게 하면 의사소통이 불가능해지기 때문이다. 따라서 랑그는 발언을 할 때 말하는 사람이 따라야 할 규칙의 역할을 한다. 소쉬르는 랑그와 파롤 중, 랑그를 주된 연구 대상으로 삼았다.

2. 공시태와 통시태 구분. 공시태는 정해진 시점에서 작동하는 공존하는 동시적 요소들 사이의 관계, 현재의 다양한 요소들 사이의 대립 관계를 말한다. 통시태는 체계와 그 요소들의 변화를 말한다. 소쉬르는 특정한 시점의 언어 구성 요소를 우선순위에 두고, 공시태를 언어학의 주된 연구 대상으로 삼는다. 따라서 주로 통시태의 측면에서 언어를 연구해왔던 이전의 역사주의 언어학은 배제된다. 소쉬르가 보기에 하나의 언어 체계는 하나의 상태로서 시간의 흐름에 따른 언어의 변화와는 무관하게 다룰 수 있는 것이다.

3. 기호(시뉴), 기표(시니피앙)와 기의(시니피에) 구분과 언어의 자의성. 소쉬르는 언어가 대상이 아니라 임의적인 소리 기호, 즉 대상에서 독립된 자족적인 기호 체계라고 본다. 이때 기호는 청각 이미지를 의미하는 기표와 개념을 의미하는 기의로 구성되어 있다. 여기서 기호가 임의적이라는 것은 '왕'이라는 기호(낱말)와 실제 왕과는 아무런 본질적인 연관이 없다는 것을 의미한다. 우리가 '왕'이라고 말할 때, 다른 사람은 실제 왕에게 아무런 피해도 주지 않고 루아<sup>[역]</sup>라고 말하면서 같은 일을 하고 있다. 중요한 것은 일정한 기표 체계를 사용하는 사람들에게(영어 구사자이든 프랑스어 구사자이든) '킹'/ '링'/'씽'('king'/'ring'/'sing')과 '루아'/'루아'/'무아'('roi'/'loi'/

'moi') 간의 차이가 판별될 수 있다는 점이다. 이처럼 언어 기호와 그것이 가리키는 대상 간의 관계가 임의적이라고 본 것은 가히 언어학적 혁명에 가까운 발상이었다. 이렇게 언어의 의미가 언어 바깥의 대상에 의존하고 있지 않다면, 언어의 의미는 어떻게 생산되는 것일까? 소쉬르에 따르면, 언어 기호는 다른 요소들과 맺는 관계와 차이로서만 규정될 수 있으며, 그 차이 짓기에서 의미가 생산된다.

　4. 기호의 가치와 차이. 우리말의 자음 열을 생각해보자. "ㄱ, ㄴ, ㄷ, ㄹ, ㅁ, … ㅎ" 가만히 생각해보라. 여기서 ㄷ은 그 자체만으로 독립적으로 ㄷ이라는 음가를 가진다고 말할 수 있을까? 분명히 아닐 것이다. ㄷ이 ㄷ이라는 음가로서의 역할을 하기 위해서는 ㄷ이 ㄱ과도 다르고, ㄴ과도 다르고 … ㅎ과도 다른 음가를 가지고 있기 때문에 그런 음가의 역할을 한다고 볼 수 있다. 즉 ㄷ은 다른 자음들의 음가와 차이가 나는 덕분에 그 본연의 음가를 가지는 것이다. 이와 마찬가지로 소쉬르는 기표들도 서로 판별될 수 있는 차이 덕분에 의미를 갖게 된다고 보았다. 그것들은 음성적으로도('ring'/'king'/ 'sing') 형태적으로도('bear'/'bare') 기표들 간의 차이 덕분에 의미 있거나 의미를 얻는 것이다. 따라서 한 낱말의 고유한 개념인 기의는 기표들의 차이에서 나타나는 산물일 뿐이다.

넓게 말해 언어 기호의 가치(의미)는 각각의 언어 기호 속에 내재해 있는 것이 아니라 다른 기호들과의 차이에 의해 생산된다. 차이 없이는 지시 대상도 없다. 예컨대 10,000원이 10,000원으로서의 가치를 가지는 이유는 그것이 50,000원도 아니고, 5,000원도 아니고, 1,000원도 아니기 때문에, 즉 이들 화폐 가치의 차이에서 구별되기 때문이다. 마찬가지로 기표 '화요일'의 의미는 기표 '월요일'과 '수요일' 사이에 있어서 차이가 나기 때문에 확정되는 것이며, 기표 '봄'은 기표 '여름', '가을', '겨울'과 차이 나기 때문에 그 기의가 확정되는 것이다. 소쉬르의 입장에서 이처럼 언어 기호는 그것이 가리키는 대상과는 아무런 관계도 없다. 결국 랑그는 화폐와 같이 가치–차이의 체계로 존재하는, 그 자체가 자립적인 체계인 것이다.

5. 구조 언어학의 결과. 소쉬르는 일체의 심리학적, 철학적 또는 신학적 간섭에서 벗어나서, 순수하게 언어적인 용어로 언어의 존재 이유를 밝혀주는 데 성공하였다. 그리하여 이제 '명사'는 한 대상이나 실체의 이름이 아니라, 수(단수나 복수)를 받을 수 있는 하나의 기표가 된다. 동사는 하나의 행동을 가리키는 표현이 아니라, 시제(과거, 현재 또는 미래)를 받을 수 있는 기표가 된다. '기표들의 연쇄', '언어 순열linguistic strings'인 문장은 규칙에 따라 적형식well-formed formula이거나

아니거나일 뿐이며, 우리는 그 문장이 '참'인지 또는 '실재에 대응'하는지를 결정하는 일을 면제받는다. 화자도 주체적으로 말하는 자아가 아니라, 체계가 예시화되는 사례, 특수한 시간과 장소에서 규칙이 전개되는 지점, 랑그 체계의 접속점일 뿐이다. 따라서 언어는 더 이상 관념이나 실재를 끌어들여서 인간주의적인 방식으로 설명되어야 할 대상이 아니다.

6. 주체의 죽음. 랑그가 지니고 있는 언어적 형식들은 보편적이고, 필수적이며, 무시제적, 공시적이다. 각 개인의 파롤은 특수하고, 우연적이며, 시제적, 통시적이다. 구조 언어학에서 의미는 규칙 지배적인 방식으로 기표를 배치해서 나타난 효과이다. 언어 내에서 기표들 간의 차이를 일으키는 놀이는 '어느 누구'인 주체가 아니다. 그것은 신도 아니고, 존재도 아니고, 세계정신도 아니고, 내적 자아도 아니다. 그것은 차이를 일으키는 효과를 생산함으로써 의미를 만드는 기제, 즉 비인칭적인 형식적 체계이다. 여기서 인간은 랑그와의 관계에서 수동적인 처지에 놓이고 만다. 인간은 그저 형식적 체계인 랑그를 이용하여 파롤을 말하고 있을 뿐이다. 이 랑그는 인간의 소유물이 되지 못하고 마치 독자적인 생명을 지닌 존재처럼 행동한다. 우리는 랑그를 만들지 않았고, 랑그는 우리의 사유 재산이 아니다. 랑그는 우리가 처음 입을 열었을 때 이미 쓰이고

있던 공공재이며, 우리가 흉내 내서 배웠던 것이다. 그러니까 우리는 언어를 사용할 수는 있어도 언어를 가질 수는 없는 것이다. 따라서 인간이 언어의 주인이 아니라 오히려 언어가 인간의 주인이다. 우리가 내리는 판단이나 사고는 우리가 능동적으로 내리는 것이 아니라 이미 언어 구조 속에 내재해 있다. 소쉬르의 구조 언어학은 세계의 중심에서 인간 주체의 우선성을 몰아내고, 대신 언어 구조를 그 중심에 가져다 놓았다는 점에서, 오랫동안 철학자들이 금과옥조로 여겼던 '주체적 자아'에 일격을 가한 것이다. 이것이 소쉬르와 그 이후 구조주의자들이 말하는 소위 '주체의 죽음'이다.

일반적으로 책의 제목은 그 책의 내용을 압축적으로 집약해 보여주고 있다. 예컨대 전통적인 예술 규정에서는 마치 형용모순처럼 생각되는 제목인 부르디외의 『예술의 규칙』은 그의 아비투스 이론을 생생하게 보여주는 탁월한 명명이었다고 생각된다. 마찬가지로 귀스도르프의 『파롤』은 이미 그 제목만으로도 소쉬르의 랑그 우위 구조 언어학을 비판하겠다는 의도를 십분 담고 있다. 위에서 간략히 설명하였듯이 구조 언어학의 문제는 말하는 인간으로서의 인간 주체성을 무시하고 있다는 데 있다. 소쉬르의 구조 언어학은 이후 로만 야콥슨, 레비—스트로스 등과 같은 후속 세대의 학자들을 통해 구조주의라는 철학 사조 또는 방법론을 탄생시켰다. 이때 구조주의는 의식, 시간, 역사성의 범주에서 맴돌고 있었던 현상학이나 실존철학의 주체 중심적 사유에 반대해서 주체의 해체라는 기치를 높이 들었다. 구조주의는 인간 중심적 주체가 사실은 무의식적 보편 구조의 산물이며, 따라서 인간의 모든 행위는 그로부터 독립된 구조에 의해 고유한 자리와 의미가 부여된다고 주장한다. 이처럼 우리의 의식에 영향을 미치는 무의식적인 보편 구조를 문제 삼는다는 점에서 구조주의 방법론은 무의식을 이야기하는 프로이트의 정신분석학과 그 맥을 같이 하지만, 늘 또렷한 의식의 상태를 전제로 하는 현상학과 같은 방법론과는 상극의 위치에 있다고 할 수 있다.

1950년대 프랑스에서 주체의 죽음을 역설하는 구조주의 사조가 맹위를 떨치고 있었을 때, 귀스도르프는 실존 현상학자의 한 사람으로서 실존적 주체로서 '말하는 인간Homo loquens'의 지위를 회복시키는 데 분투한 것처럼 보인다. 그런 점에서 귀스도르프는 역시 실존 현상학의 입장에서 언어를 바라보고자 한 메를로–퐁티, 폴 리쾨르, 방브니스트 등과 맥을 같이 하고 있다. 이들은 모두 언어 체계의 폐쇄성을 상징하는 공시태가 실제 언어생활과는 무관한 추상적물이라고 생각한다. 인간의 언어 행위는 항상 구체적인 상황 속에서 이루어지는 것이기 때문이다. 인간은 실제 상황 속에서 구체적으로 말하는 행위를 통해 세계 속의 현실과 관계를 맺는다. 소쉬르의 구조 언어학에서 말하는 개인은 랑그의 규칙에 지배를 받는 비자율적인 존재이지만, 실제 구체적인 언어 행위에서 말하는 주체는 상황마다 달리 파악되는 자율적인 존재이다. 특히 귀스도르프가 쓰는 '파롤'이라는 어휘는 개인에 의해 구체화된 '말해진 말la parole parlée, speech'이라는 통상적인 뜻 이외에도, '구체적으로 말하는 행위la parole palante, speaking'를 강조하는 면이 더 크다. 따라서 이때의 '파롤'은 늘 '말하는 인간 주체'를 암시하는 표현이라고도 할 수 있다. 번역서의 제목을 그대로 '파롤'이라고 쓴 이유도 , '약속'이라는 뜻까지도 포함하여 이런 중의적인 의미를 고려해야 했기 때문이다. 이런 사항들을 염두에 두고 『파롤』의 내용을 간략히 소개하기로 한다.

『파롤』은 귀스도르프가 프랑스 일반 교양인에게 실존 현상학적 관점에서 언어철학을 소개하기 위해 쓴 책이다. 철학개론서의 모범을 보여주고 있다는 점에서 프랑스 철학자 앙리 뒤메리Henry Duméry는 이 책을 '작은 걸작un petit chef-d'oeuvre'이라고 상찬하기도 하였다. 귀스도르프에게 언어는 자기의식에로 옮겨진 인간 존재로서, 말mot의 출현은 인간의 주권을 드러내는 중요한 사건이다. 인간은 세계와 자기 사이에 말이라는 그물을 설치하고, 그것에 의해 주인이 된다. 따라서 인간이 세계 속에 온다는 것은 말을 해가기 시작한다는 것prendre la parole이고, 자신의 실존적 경험을 담론의 세계로 변형시키는 것이다. 이때 낱말의 효력은 구조 언어학에서처럼 객관적인 기호가 아니라 의미의 지표라는 사실에 신세 지고 있다. 이름은 현실을 결정화하되, 사람의 태도에 따라 현실을 간결하게 표현한다. 즉, 각 낱말은 상황의 낱말이고, 나의 결정에 따라 세계 상태를 요약하는 낱말이다. 이처럼 낱말의 차원에서만 보아도 언어는 그것을 작동시키는 개인의 주도권보다 먼저 존재하지 않는다. 기존의 랑그는 언어적 활동을 전개하는 뼈대만을 제시할 뿐이다. 그렇다면 언어에 대한 반성은 파롤 안에서 자기주장의 양태로 있고, 또 세계 속의 거주의 양태로 있는 인간적 현실로부터 시작되어야 한다. 문제는 언어 그 자체의 문제가 아니라, 말하는 사람의 문제라는 것이다. 이것은 파롤을 삼인칭인 객관적인 체계로서가 아니라 개인적인 기획인 것으로 고찰해야 한다는 것을 의미한다.

그런데 귀스도르프에 따르면, 인간 파롤은 어디까지나 주어진 한 상황 속에서 이루어지는 하나의 행위이다. '내'가 말을 한다는 것은 구체적인 상황에서 '나'를 둘러싸고 있는 '세계와 사물'과 관계 맺고, 타인과 의사소통한다는 것을 의미한다.

그럴 경우 말하는 행위는 그 자체가 곧 새로운 상황을 창조하는 '행동'이 된다. 이 파롤의 창조적 성격 때문에 한 낱말의 의미는 단번에 고착되어 있기는커녕, 매번 재생될 때마다 새로운 것이다. 이런 파롤의 차원에서는 세계도 우리들에게 다르게 폭로될 뿐인 의미체로서 나타난다. 파롤의 가장 기본적인 기능인 명명하기도 존재를 부르는 것이며 무에서부터 창조하는 것이다. 명명되지 않는 것은 어떤 방식으로도 존재할 수 없다. 명명하기는 일종의 존재권을 주장한다. 사물들과 존재들을 만드는 것은 말들이고, 그에 따라 세계 질서를 이루는 관계가 결정된다. 우리들 각자에게 있어 세계 속에 위치한다는 것은 환경 속에서 각 사물에 제 자리를 주는 어휘의 그물망과 함께 조화롭게 지내는 것이다. 그런 점에서 넓게 말해 언어는 세계 창조를 동반한다. 언어는 이 창조의 장인이다. 파롤을 통해 인간은 세계로 들어오고, 파롤을 통해 세계는 사고로 들어온다. 파롤은 세계의 존재, 인간 존재, 사고의 존재를 표출한다.

한편 귀스도르프는 파롤이 만남의 장으로서의 역할을 한다고 보고, 나의 파롤이 말을 거는 타자의 존재를 고려한다. 나는 혼자가 아니기 때문에 말을 하는 것이다. 타자 없는 의사소통이란 어불성설이나 마찬가지이다. 언어는 출발점에서부터 자아와 타인 간의 만남의 경계선을 표시해주고 있다. 말을 하기에 앞서서 기존의 말을 받아들이지 않을 수 없기 때문에, 언어는 오랫동안 자아가 타인에게 의존하고 있다는 것을 보여주는 것이다. 파롤은 여기서 **이음줄**과 같은 역할을 한다. 하지만 이런 이음줄 때문에 파롤은 일종의 이율배반을 노정한다. 우선 언어에는 표현적 기능이 있다. 나는 개성적이고 내밀한 나를 이해시키기 위해 말을 한다. 다른 한편 언어에는 의사소통적 기능이 있다. 나는 타인에게 다가가기 위해 말을 하고, 내 개성적 표현을 내려놓으면 놓을수록 그만큼 완전히 그들과 의사소통할 수 있다. 표현은 나를 표출하고, 의사소통은 너를 찾는다. 그런데 표현과 의사소통은 반비례 관계로 작용한다. 내가 의사전달을 잘하면 잘할수록, 그만큼 나는 나 자신을 덜 표현하게 되고, 내가 나 자신을 잘 표현하면 할수록, 그만큼 나는 의사소통을 덜하게 된다. 표현과 의사소통이라는 이런 이원적인 극은 일인칭과 삼인칭 간의 대립, 개인적 주관성과 상식적 의미의 객관성 사이의 대립에 대응한다. 우리는 몰이해와 비본래성 사이에서 어느 하나를 선택해야 할 처지에 놓여 있는 것이다. 그러나 귀스도르프는 여러 인간적 상황을 길게 검토한 후, 인간 파롤의 이 두 목표가 서로 보완적이라고 해석한다. 모든 의사소통이 제거된 순수한 표현은 허구이다. 왜냐하면 모든 파롤은 타인을 겨냥하고 있다는 것을 의미하기 때문이다. 표현 없는 의사소통이라는 개념도 의미가 없다. 나는 언어의 소유권을 철저하게 박탈당할 것이기 때문이다. 언어는 무엇보다도 개인적인 의도가 있지 않았다면, 존재하지 못했을 것이다. 오히려 의사소통과 표현 간에 친밀한 연대가 있다는 것을 인정하지 않으면 안 된다. 참된 의사소통은 통일의 실현, 말하자면 공통 작업의 실현이다. 그것은 각 사람과 다른 사람과의 통일, 그러나 동시에 각자가 자기 자신과의 통일, 타인과의 만남 속에서 이루어지는 개인적인 삶의 재배치이다. 이 의사소통에서 파롤은 새로운 언어를 만드는 계기를, 우리가 나와 너의 연대 속에서 실현되는 계기를 내어준다. 귀스도르프는 7장과 8장에서 표현과 의사소통의 구체적인 특징과 그 장단점을 살펴본 후, 의사소통 안에도 창조적인 힘이 있고, 파롤의 표현적 기능도 의사소통 기능과 조화를 이룰 수 있다는 점을 역설한다.

이상의 해제는 대략 『파롤』의 전반부 내용에 해당한다. 후반부에서는 앞부분과 내용이 약간 중복되는 부분도 보인다. 9장 '의사소통의 진정성'에서는 의사소통의 실패가 세계를 다 담지 못하는 언어, 파롤의 본래적인 성격 때문이 아니라 소통하는 인간의 책임이라는 점을 지적한다. 표현의 한계와 의사소통의 한계는 바로 개인 존재의 한계라는 것이다. 10장 '파롤의 세계'에서는 어휘, 문법, 논리, 의미로 이루어진 파롤의 다양한 층위에 대해 이야기한다. 파롤은 인간 실존과 자기주장의 시작이자 만남의 구성적 원리로서 우리에게 주어져 있다. 11장 '말하는 인간'에서는 다양한 언어 사용의 행태를 구분한다. 독백, 대화, 좌담, 웅변 등이 그것이다. 이 중에서 귀스도르프는 대화를 파롤 사용의 진정한 출발점이라고 평가한다. 12장 '파롤의 고정 기술'에서는 문자의 발명 이후 파롤이 겪는 상황 변화를 추적한다. 인쇄술, 책, 및 기타 신기술에 의한 새로운 의사소통 매체의 출현이 앞으로 인간 실존에 어떤 영향을 미칠 것인지를 전망한다. 마지막 13장 '파롤의 도덕을 향하여'에서는 철학만이 인간 파롤 전체에 대한 이해를 제공할 것이라고 밝히면서, 도덕적인 차원에서 파롤에 대한 존중은 자기 자신에 대한 존중이면서 타인에 대한 존중임을 역설한다. 이때 파롤의 윤리는 "파롤을 항상 그 모습에 있어서 완전하고 의미 있는 파롤이게 하라."라는 칸트식 정언명법으로 요약된다.

실존 현상학의 관점에서 언어만을 주제로 삼아서 접근한 책은 우리나라에서도 그리 많이 소개되지 않은 걸로 알고 있다. 이 책이 기존 분석철학 위주의 언어철학을 보완해주는 입문서의 역할을 해줄 것을 기대해본다. 대체로 까다로운 철학책을 읽는다는 것은 일정 수준 정신의 경지에 도달해 계신 분들의 체험일 것이기에, 소수일 독자층에게 경의를 표한다.

* * *

기존에 번역되어 나와 있는 귀스도르프의 책을 읽다가, 선입견과는 달리 이분이 마이너리티 철학자가 아니라는 생각이 문득 들었다. 이분을 더 공부해보고 싶은 마음이 들어 다른 저서들을 살펴보니, 내 세부 전공인 언어철학과 맞닿을 것 같은 책인 『파롤』이 눈에 띄었다. 책 제목이 암시하는 것처럼, 구조 언어학에 대한 비판적 내용을 담고 있다는 대략적인 소개에 마음이 이끌렸다. 그래서 읽고 번역해보기로 결심하고 책을 소장하고 있는 기관을 검색하였다. 어린 시절 같은 동네에 살아서 80년대 학창 시절부터 가까이 지냈고, 얼마간은 같이 스터디를 하기도 하면서 지금까지 꾸준히 동학의 연을 이어온, 연세대학교 철학과 이승종 교수님의 도움을 받아 불어 원서를 손에 넣었다. 책을 반쯤 번역하고 있던 중에, 이승종 교수님은 이 책의 영어 번역판을 손수 구입해

보내주셨다. 책의 번역에 도움을 주신 이승종 교수님께 이 지면을 빌어 감사드린다. 예전에 중국 상하이 푸단(복단)대학에서 안식 연구년을 보내고 있을 때, 이승종 교수님은 그곳까지 마다하지 않고 찾아와 잠시 내게 큰 활력을 주었고, 열흘 간 같이 중국의 몇몇 도시를 여행하면서 폭넓은 철학적 담론을 나눈 일을 아직도 소중한 기억으로 간직하고 있다.

영어 텍스트를 번역한 적은 여러 번 있어도, 불어 텍스트 번역에 손댄 것은 이번이 처음이다. 돌이켜보니 평생 동안 읽은 불어 텍스트는 10권이 채 안 되는 듯하다. 은사님이신 고 최명관 교수님의 지도하에 데카르트의 『방법서설』, 베르그손의 『물질과 기억』, 레비-스트로스의 『야생의 사유』를 읽은 적이 있다. 이런 인연으로 최명관 교수님께서는 내게, 당신께서 소장하고 계셨던 불어 텍스트들을 여러 권 물려주시기도 하였다. 그중에는 사르트르의 『존재와 무』 초판본도 끼어 있다. 그 밖에 대부분 완독하지는 못했지만, 소쉬르, 레비나스, 리오타르, 들뢰즈, 푸코, 질베르 뒤랑 등의 책을 읽은 기억이 난다. 분석철학 관련 불어 텍스트와 논문을 들여다보기도 하였다. 『파롤』은 부피가 얇은 책이어서 번역하는 데 시간이 그리 오래 걸리지는 않았다. 하지만 귀스도르프도 프랑스 철학자들 특유의 문학적 글쓰기 스타일을 간직하고 있어서,

일부 문장들을 놓고는 그 뉘앙스를 살리는 데 꽤 고심해야 했다. 이 책이 1990년대에 이미 한 번 번역되었다는 사실을 나중에서야 알게 되었다. 그러나 내 스타일의 번역이 흔들릴까 봐 조금도 참조하지 않았음을 밝혀둔다. 오역에 대한 비난은 전적으로 내 책임으로 감수할 것이다.

출판사에는 경제적으로 크게 도움을 줄 것 같지 않은데, 흔쾌히 출판을 맡아 수고해주신 도서출판 b의 조기조 대표님께 감사드린다.

곧 정년을 맞이한다. 다른 언어가 이 덧없으면서도 아름다운 세상의 모습을 얼마나 다르게 펼쳐 보이는가를 잘 알기에, 몇 달 전부터는 일곱 번째 외국어 학습을 시작하였다. 마음만 먹으면 물러나서도 알뜰하게 시간을 보낼 수 있는 일이 무궁무진한 셈이다. 또 번역 욕심이 수그러들지 않는 한, 앞으로 내게 남은 시간 동안 이전에 읽었던 독일어 텍스트들 중 하나를 골라 번역해보고 싶다.

2021. 11. 1.
가톨릭관동대 연구실에서
이윤일